Über das Buch

Wunderbare Geschichten, bei denen uns auch ein kleiner Schauer über den Rücken laufen kann.

Das Leben fließt mit all seinen Veränderungen

Diese Alltagsminiaturen sind Momentaufnahmen einer Gedankenwelt, die wir zu kennen glauben, wenn wir genau in uns hineinhören.

Kleine Exkursionen in „Innere Welten" mit feinem Humor.

Tom Witkowski (Hrsg.)

Alltagsminiaturen
Band 2
Ralph Jacob

Bibliografische Informationen
der Deutschen Nationalbibliothek:
Die Deutsche Nationalbibliothek verzeichnet diese
Publikation in der Deutschen Nationalbiografie;
detaillierte bibliografische
Daten sind im Internet über dnb.de abrufbar.

1. Auflage Februar 2023
Herausgeber: Tom Witkowski
https://de.wikipedia.org/wiki/Tom_Witkowski

Texte © Ralph Jacob
Titelbild: © Michaela Halder
Gestaltung: Tom Witkowski

Herstellung und Verlag:
BoD — Books on Demand. Norderstedt

BAND **2**

ISBN 9783738611540

Inhalt Band 2

PERSEIDEN ODER DIE TRÄNEN DES LAURENTIUS	7
HARRY	23
SIE NANNTEN IHN HOSE	69
WIE VIELE	89
DER LEUCHTTURM	101
VERSTÄNDLICHES MISSVERSTÄNDNIS	133
NICHTS ZERBROCHEN ABER KAPUTT	147
GALLWITZ	157
HUNDESPORT	177

Perseiden oder die Tränen des Laurentius

Er hörte die schnellen Schritte sich nähern, und noch ehe er sich umdrehen konnte, „Hallo Rollo!" Sandra. Sie strahlte ihn an, brachte erst einmal kein Wort mehr heraus, so sehr rang sie nach Luft.

„Meine Güte, hast du einen Schritt drauf, ich hätte dich fast nicht eingeholt. Ich hab dich aus dem Bus steigen sehen."

„So schnell sieht man sich wieder." Noch während er das sagte, hätte sich Rolando ohrfeigen können. Konnte ihm nicht etwas Besseres zur Begrüßung einfallen!

Ein paar Tage zuvor hatten sie einander im Zug gegenüber, gesessen und während der mehrstündigen Fahrt kaum hochgeblickt von ihren Handys und Laptops. Sandra hatte Rolando nach seinem Ziel gefragt, viel zu spät. Ein paar Worte hatten sie noch gewechselt. Um ein Haar wären sie wortlos auseinandergegangen.

„Du hast mich gefragt, wie ich heiße. Rollo hab ich nicht gesagt, so nennen mich meine Freunde. Ich hab Rolando gesagt."

„Du hast so viel telefoniert im Zug, da konnte mir das nicht entgehen. Was machst du jetzt?"

„Nichts weiter. Ich hab Ferien und wollte durch die Stadt bummeln."

„Ich mach auch nichts weiter. Wir könnten ja zusammen nichts weiter machen, vielleicht als erstes mal ein Eis essen gehen."

Die Eisdielen waren überfüllt an diesem traumhaften Hochsommertag. Der schattige Platz am Fluss unter den hohen Platanen eignete sich ohnehin besser zum Plaudern. Bei guter Laune flogen die Worte hin und her. Unvermittelt sagte Sandra:

„Heute fliegen die Perseiden."

Rolando war Lateinlehrer. Sie konnte also nicht erwarten, dass er von Insekten Ahnung hatte. Insekten würden es schon sein, danach klang das Wort. Er tippte auf Libellen oder Eintagsfliegen. Wenn Sandra betonte, heute flögen sie, dann hätte er wohl mit seiner Vermutung recht.

„Hast du Lust zum Gucken?"

Mit dieser Frau würde er auch Eintagsfliegen gucken gehen.

„Ja. Wann, jetzt?" Ihr helles Lachen schallte über den Fluss, und von der Eisdiele guckten sie herüber.

„Nein, jetzt sicher nicht, bei Tag sieht man sie ja nicht. Heute Nacht, am besten, nachdem der Mond untergegangen ist."

Amseln flüchteten zeternd vor ihren Lachsalven.

„Gib zu, du weißt gar nicht, was die Perseiden sind, oder?"

Er versuchte, nicht ganz so blöd dazustehen.

„Heute Nacht fliegen sie, hast du gesagt, also irgendwelche Nachttiere, ich nehme an

Glühwürmchen, Leuchtkäfer oder so was. Was anderes sieht man ja nicht."

„Tut mir leid, du hast wirklich keinen blassen Dunst", sagte sie, nachdem sie zu Ende gelacht hatte.

„Ich erklär dir's und versuch es ganz einfach zu machen, okay? Frag mich, wenn du nicht mitkommst. Sternschnuppen kennst du. Zumindest hast du davon gehört. Das sind solche Streifen oder Punkte am Nachthimmel, die aufglühen und wieder verschwinden. Einen Gasbrenner zum Schweißen kennst du auch. Da kommt vorn so eine Stichflamme von brennendem Gas raus, wissenschaftlich sagt man, die Gasmoleküle glühen. Nichts anderes sind Sternschnuppen, eine riesige Menge an glühenden Gasmolekülen. Hast du noch Lust zuzuhören?"

Eigentlich nicht, aber Rollo nickte.

„Mach weiter."

„Okay, jetzt muss ich dir erklären, was Kometen sind. Auch schon mal gehört, oder. Du weißt, wie Kaulquappen aussehen. Oder

Spermien. Kopf und Schwanz. Ein Komet sieht ähnlich aus, Kopf und Schweif heißt das hier. Der Kopf ist nicht besonders groß, ein paar Kilometer vielleicht, und der ist sowas wie ein schmutziger Schneeball aus Eis und Staub. Aber der Schweif kann fünfhundert Millionen Kilometer lang sein, auch nur Staub und Gas. Lass das mal auf der Zunge zergehen, fünfhundert Millionen Kilometer. Einen Kometen bekommen wir selten zu sehen. Einen Kometenschweif kennst du?"

Rollo leckte erst einmal zerlaufenes Eis vom Finger.

„Das, was man immer auf den Weihnachtsbildern sieht, was der Stern von Bethlehem hinter sich herzieht, oder?"

Rolando galt als kundig auf vielen Gebieten. Daher behagte es ihm nicht, dass Sandra bereits beim ersten Gespräch und so schnell auf eine Lücke seiner Bildung stieß.

„So ungefähr. Wie gesagt, nur Staub und Gas, aber davon eine gigantische Menge. Und wenn so ein Kometenschweif unsere Erdatmosphäre berührt, fangen die Teilchen an zu glühen. Und jedes Jahr im August fliegt die Erde durch den Schweif von einem bestimmten Kometen hindurch, die Teilchen beginnen zu glühen, und weil das so viele sind, können wir das sehen. Das sind die vielen Sternschnuppen. Alle zusammen heißen sie Perseiden. Es gibt das Sternbild des Perseus. Früher nahm man an, dass die Sternschnuppen aus diesem Sternbild, also Perseus, kommen, daher hat man sie Perseiden genannt, capito?"

„Das war jetzt Astrologie für Dummies", sagte Rolando.

Das war zu viel.

Sandras Gesicht zuckte; es fiel ihr schwer, nicht schon wieder loszulachen.

„Eigentlich nennen wir das Astronomie, Sternenkunde. Das, was du meinst, Astrologie, ist Sterndeutung, Horoskop und so."

Wenn sie doch bald aufhören würde, dachte Rollo. Vor Erklären kam Sandras Eis zu kurz, jetzt lief es auch ihr über die Hand.

„Ich bin gleich fertig. Die Perseiden heißen auch Laurentiustränen. Das sollst du noch wissen. Laurentius war ein Märtyrer und sein Namenstag ist der 12. August. Den haben sie auf einem glühenden Rost zu Tode geschmort und dabei hat er geweint, würd ich auch. Um den 12. August herum, also dem Namenstag des Laurentius, sieht man die Perseiden, deshalb heißen sie Laurentiustränen. So, jetzt bin ich fertig. Wir wollen mal hören, ob du alles verstanden hast, Herr Lehrer. Kannst du das Gehörte bitte wiedergeben, oder möchtest du noch mehr wissen? Soll ich's wiederholen?"

„Aha."

Rollo war sprachlos. Er hielt sich für gebildet, aber das war ihm alles neu. Sandra hatte im Zug erzählt, sie sei Erzieherin, Kindergärtnerin. Wie kam sie an dieses Wissen?

„Der beste Tag, um die Perseiden zu sehen, ist heute. Wir haben einen klaren Himmel, 10. August, ideal. In drei Tagen ist alles rum, und

Regen haben sie auch gemeldet, da siehst du nichts."

„Hast du nicht gesagt, du arbeitest in einer Kita? Und jetzt kommst du mit solchem Fachwissen daher. Erklär dich, Kindergärtnerin!"

„Ich hab mir gedacht, ich sag dir erst mal, ich arbeite im Kindergarten.

Stimmt ja auch, nebenher. Und wenn du dich für mich interessierst, hab ich gedacht, erzähl ich dir den Rest."

„Und, hast du das Gefühl, ich interessiere mich für eine Kindergärtnerin?"

„Ja, ich hab schon den Eindruck, du bist dir als Lateinlehrer nicht zu fein dafür."

„Also?"

„Ich mach gerade meinen Master in Geophysik und Klimatologie. Jetzt muss ich noch kurz nach Hause. Holst du mich ab? Dreiundzwanzig Uhr? Vorher geht's nicht, da hab ich noch zu tun."

„Liebhaber, nehm ich an?"

„Erraten."

„Und wo geht's dann hin?"

„Wir fahren hoch auf den Berg, machen's wie die Ägypter vor zweitausend Jahren, legen uns auf den Rücken und gucken in den Himmel. Ich versprech dir, das wird toll. Der ganze Himmel voller Glühkugeln und Sternschnuppen."

Das Gras war immer noch warm. Sie starrten in den Himmel.

Um diese Zeit ging Rollo gewöhnlich zu Bett. Das Himmelgucken in die undurchdringliche Schwärze hinein war ermüdend, jede Menge Sterne, jedoch keine Schnuppe. Aber mit Sandra an seiner Seite hielt ihn der Hormonsturm wach, und würden die Perseiden in dieser Nacht woanders fliegen, wäre er nicht enttäuscht. Niemand in der Nähe, und dennoch flüsterten sie nur noch. „Rat mal, wie alt Kometen sind."

„Ich hab keine Lust zu raten."

„Los, sag irgendwas."

„Paar Tausend Jahre?"

„Leg noch was drauf!"

„Million?"

„Sagen wir, paar Milliarden."

Rollo war es gleichgültig, ob Millionen oder Milliarden.

Sandra interessierte ihn, aber dieses Himmelszeug doch nicht. Mit ihr wäre er auch durch die Kanalisation von London gewandert.

„Guck mal, da ist der Große Wagen. Siehst du die sieben hellen Sterne?"

„Wo?"

„Da!"

Sie dachte wohl, im Dunkeln könnte er sehen, wohin sie zeigte.

„Aha."

„Du guckst gar nicht hin."

Er guckte auch nicht hin. Ständig beschäftigte ihn der Gedanke, ob er Sandras Hand nehmen sollte oder sie gleich küssen, ohne Umwege. Allein die Vorstellung, dass am Ende der Nacht ein Liebhaber sie erwartete, hielt ihn zurück.

An das spektakuläre Himmelsereignis glaubte er ohnehin nicht mehr. Sollten sie doch fortbleiben, die blöden Perseiden. Sie mit einem Grashalm im Ohr zu kitzeln, das reizte ihn. Sein ganzes Denken kreiste um Sandra, um sonst nichts. Sie schwiegen miteinander.

„Das sind Fledermäuse."

„Wo?"

Sandra zeigte irgendwohin in die Luft, wo die Fledermäuse pfiffen.

„Ich seh nichts."

„Zu sehen sind sie nicht Im Dunkeln, aber du hörst sie doch."

Er hörte nur das Blut in seinen Ohren. Irgendwas zirpte, das er für Grillen hielt. Dann und wann rief ein Kauz.

Auf dem Display seines Telefons sah er am nächsten Morgen ihren Namen. „Schade, dass wir so früh weg mussten. Das war toll, oder?"

Es war toll, spektakulär, die Perseiden waren doch noch gekommen, so etwas hatte er nie gesehen. Sie waren nach drei Stunden aufgebrochen, weil sie früh zur Kita musste. Weder hatte er ihre Hand genommen noch sie geküsst. Sie würden telefonieren.

Mittags rief sie an.

„Ich glaube, ich habe eine Zecke, mich juckt's, wir haben doch so lange im Gras gelegen."

„Wo?"

„Am Rücken, am Schulterblatt, ich kann's nicht sehen."

„Kann die nicht dein Liebhaber rausmachen."

„Hast du das geglaubt mit dem Liebhaber?"

„Hätte ich einen Grund gehabt, daran zu zweifeln?"

„Kannst du nicht mal gucken, Rollo?"

Selbstverständlich würde er danach gucken. Und da ihr Bitten so beschwörend klang, hätte er alles stehen und liegen lassen. Sie wäre in ein paar Stunden zu Hause und würde ihn dann anrufen.

„Abgemacht. Mit Zecken kenn ich mich gut aus, ich komme, sobald du zu Hause bist und guck mir das an."

Rolando kannte sich überhaupt nicht aus mit Zecken, nicht die geringste Ahnung hatte er. Dass es kleine Tiere waren und sie einige Beine hatten und Spaziergänger stachen, mehr nicht. Krankheiten konnten sie übertragen. Er kannte sie nur aus der Zeitung, hatte noch nie eine gesehen.

„Cihan, kannst du mir was über Zecken erzählen?"

Sein Freund, der Biolehrer, konnte ihm viel über Zecken erzählen, viel zu viel, und welche Krankheiten sie übertragen, zeigte ihm Bilder, und wie man die Tiere entfernt, zeigte er ihm auch.

Erst die dritte Apotheke hatte die spitze Pinzette vorrätig, die er wollte.

Sandra wollte nichts hören von Larvenstadien und Lebensweise der Tiere, dass sie Blut saugen und dabei Krankheiten übertragen, dabei hatte er sich so gut vorbereitet.

„Mach sie einfach raus, ich werd sonst noch wahnsinnig."

Rolando wusste jetzt, wie Zecken aussehen. Da war keine auf dem Schulterblatt, da war gar nichts. Auch am Hals war keine, und auch nicht hinter dem Ohr. Und da er schon einmal dabei war, suchte Rollo weiter, sorgfältig guckte er in jedes Versteck.

„Können auch welche an der Fußsohle sein?", als er dort suchte.

„Überall, ich kenn mich da aus."

Die Suche blieb erfolglos. Sandra stach ihm mit dem Finger in den Bauch. „Vielleicht hast du welche."

Damit machte sie sich auf die Suche. Zecken können sich überall verstecken, besonders die schön warmen Stellen, an denen die Haut so weich ist, die lieben sie. Nein, sie fanden keine, so sehr sie auch suchten, die ganze Nacht lang.

„Laurentius heiter und gut einen schönen Herbst verheißen thut (alte Bauernregel)" hatte sie ihm am nächsten Morgen auf sein Handy geschickt, mit einem grinsenden Gesicht dabei.

Harry

Karl Marx ist keine leichte Lektüre. Erst am Mittag würden wieder die Studenten in mein Anti-Atomkraftbüro strömen und in den Regalen und Kartons antiquarischer Bücher stöbern. So hatte ich vormittags Zeit für die Schriften von Marx und quälte mich seit einer halben Stunde mit einem einzigen Satz herum, hatte ihn bestimmt schon fünfmal gelesen und nicht verstanden. Es kam mir gelegen, als das Türglöckchen läutete und sich der Laden kurz verdunkelte, willkommene Ablenkung von der spröden Lektüre. Der Kunde zog beim Eintreten automatisch den Kopf ein. Noch bevor ich „Vorsicht" rufen konnte, stand er bereits mit seinen kostbaren Schuhen in der Pfütze. Ich hatte das dem Hausbesitzer etliche Male reklamiert, aber er kümmerte sich nicht da-rum. Seit Jahren lief bei Regen das Wasser unter der Tür durch, bildete im Eingang eine Pfütze, und darin stand der große Mann jetzt. Er schien es nicht zu bemerken, blickte sich um, trat dann an ein Regal und musterte mit schief-gehaltenem Kopf die Buchrücken, schon seine ungewöhnliche Größe zwang ihn dazu. Seine Kleidung und wie er sich bewegte, überhaupt sein Auftreten, so einer kam gewöhnlich nicht in meinen Laden. Über dem dunkelgrauen An-zug mit geknöpfter Weste der Mantel aus Kamelhaar, dazu der weiße Seiden-schal und die Schuhe, so etwas konnten sich meine üblichen Kunden nicht leisten.

„Guten Morgen, kann ich Ihnen helfen?"

Sonst siezte ich in meinem Laden nie jemanden, hier duzten sich alle.

„Ja", kam es knapp.

Ich war sitzen geblieben. Er trat heran und stützte sich mit den Händen auf meinen Schreibtisch. Solch gepflegte Hände bekam man nicht allein durch Waschen mit Seife. Er nannte mir den Titel einer frühen Ausgabe von Auer-bach.

Es gefiel mir nicht, wie er auf mich herabsah. Ich fühlte mich nicht wohl in der Zange seiner grauen Augen. Das war einer, der gewohnt war, dass seine An-ordnungen unwidersprochen ausgeführt wurden. Sicherlich flog er jede Woche erster Klasse über den Atlantik.

„In ein paar Tagen habe ich das Buch. Wenn Sie mir Ihren Namen sagen und wie ich Sie erreichen kann, rufe ich Sie an."

„Professor Harry Donnhorst, am besten sagen Sie meiner Sekretärin im Dekanat Bescheid."

„Harry Donnhorst?"

Hatte ich etwas Falsches gesagt, dass mein Gegenüber die Augenbrauen hochzog?

„Ja, wieso?" fragte er.

„Simon", sagte ich. Harry Donnhorst blickte verständnislos.

„Simon?"

„Simon Schuckert. Wir sind doch zusammen zur Schule gegangen."

„Ich hätte dich nicht erkannt. Damals zu Schulzeiten hast du nicht diese lan-gen Haare gehabt und einen Vollbart auch nicht. Simon, ja, du hast die Schule nicht fertig gemacht, oder?"

Nein. Nach der vierten Klasse hatten sie mir nahegelegt, das Gymnasium zu verlassen. Wir saßen all die Jahre nebeneinander ohne Freunde zu sein. Harry hatte keine Freunde, Harry hatte Neider, er wurde respektiert, aber Freunde hatte er nicht. Die ganze Schule wusste, dass er mit sechs sofort in die zweite Klasse eingeschult worden war und dann auch in unserem Gymnasium eine Stufe übersprungen hatte. Harry war unbeliebt. Er prahlte mit seinem unfassbar reichen Wissen und brachte durch seine intelligenten Fragen etliche Lehrer in Verlegenheit, manche verloren die Fassung.

Wie er mir jetzt vor mir stand, mit mir sprach, so war er damals schon gewesen.

Er war nicht nur ungemein klug, zudem überragte er uns alle und nahm es in seiner Kraft auch mit Älteren auf und, als wäre das nicht schon genug, sah er blendend aus. Ich hatte ihn als blasiert in Erinnerung. Auch hier in meinem Laden hatte er mich zunächst spüren lassen, dass es eine Gnade war, wenn er mit mir armem Buchhändler sprach. Jetzt, da er von unserer gemeinsamen Vergangenheit wusste, hatte sich sein Auftreten geändert. Mir fiel in, dass er damals pausenlos an seinen Fingernägeln kaute. Der tolle Harry Donnhorst, das Superhirn, der Muskelmann, der Schönling, fraß seine Fingernägel ab bis aufs Fleisch. Die ganze Schule spottete hinter seinem Rücken. Nicht jeder konnte sich erlauben, ihn offen zu hänseln, denn Harry wurde leicht gewalttätig.

„Also, du meldest dich, wenn das Buch da ist. Ich kann mich drauf verlassen!"

Ja, er könnte sich drauf verlassen. Nicht, weil sich die Frage wie ein Befehl anhörte, sondern weil ich Zusagen stets einhalte. Amüsiert blickte ich der eleganten Erscheinung nach und hätte mich gewundert, wäre er nicht in den schwarzen Porsche, sondern in den grauen Golf dahinter eingestiegen.

„Was war das denn für einer?"

Harry hatte für Silvia die Tür offengelassen.

„Professor Donnhorst. Mit dem bin ich zur Schule gegangen."

„Der Donnhorst?" Es klang bewundernd. „Ich kenn ihn nicht, aber von seinen Vorlesungen schwärmen alle. Auch Nicht-Juristen gehen hin."

„Mehr die Nicht-Juristinnen", setzte sie mit schelmischem Lächeln hinzu. „Soll ja ein attraktiver Mann sein, aber der macht sich, scheint's, nichts aus Frauen."

„Wie kommst du darauf?"

Ich war überrascht, dass Silvia den Namen kannte, ich selbst hatte noch nicht von ihm gehört.

„Claudia aus meiner WG macht Jura. Von der weiß ich das."

Ein paar Tage später hatte ich das bestellte Buch. Wieder stand die Pfütze hinter der Eingangstür, obwohl ich sie mehrmals am Tag wegwischte. In meinem Laden war es kalt. Zu meinem Erstaunen zog Harry einen Stuhl neben meinen Schreibtisch. Hier wärmte ein kleiner Heizofen.

„Schnaps?"

Eigentlich hatte ich es nur gesagt, um der Atmosphäre etwas Lockeres zu geben, hatte die Flasche nur so unter dem Schreibtisch hervorgezogen und wunderte mich daher über sein zustimmendes Nicken.

„Machst du sonst noch was außer dem Laden?" fragte er und blickte sich um.

„Kann man davon leben?"

„Was heißt man? Mir reicht es zum Leben, ich brauch nicht viel. Manchmal noch Nachtwache im Altenheim, und dann schreib ich gelegentlich für die Zeitung."

Ich fuhr fort zu erzählen, dass ich nach dem Rausschmiss aus der Schule An-streicher geworden war. Dann auf die Kunstakademie, aber die hatte ich nach wenigen Monaten wieder verlassen, das schnöselhafte Getue der künftigen Weltberühmtheiten war mir zuwider. Nach einer Buchhändlerlehre hatte ich den kleinen Laden übernommen. Harry hatte zwar gefragt, aber da ich spürte, dass ihn meine Antwort nicht recht interessierte und er kaum zuhörte, kürzte ich meinen Lebenslauf ab, erzählte nichts von dem Affenprojekt auf

Borneo oder wie ich Dingos in Australien abgeschossen hatte.

„Du bist Professor für Jura? Du warst doch in allen Fächern Spitze. Wieso ausgerechnet Jura?"

„Das kann ich dir genau sagen. Ich weiß nicht, ob du noch in der Klasse warst. Wir haben damals Schiller gelesen. „Das Gesetz ist der Freund des Schwachen." Stammt von Schiller. Das hat mich so wütend gemacht, weil das ja nicht stimmt. Denk doch mal an diesen Wurststeller, den Verbrecher, den Millionenbetrüger."

Ich nickte. Er sprach von dem Fußballpräsidenten, der 30 Millionen Steuern hinterzogen hatte.

„Dessen Strafe war lächerlich, nach ganz kurzer Zeit war der wieder auf freiem Fuß. Und die Obdachlose, die paar Mal schwarz gefahren ist, soll achthundert Euro Strafe zahlen, und wenn sie das Geld nicht beibringen kann, bekommt sie vierzig Tage Haft."

Harry machte eine Pause.

„Schiller kann das nur ironisch gemeint haben. Später hat er gesagt Die Unschuld hat im Himmel einen Freund. Ja, vielleicht im Himmel. Jedenfalls hat mich das so wütend gemacht, dass mir schon in der Schule klar war, ich mach Jura. Aber zwischen Recht und Gerechtigkeit klafft oft eine Schlucht."

Harry stand auf.

„Ich komm mal wieder rein, wenn ich dich nicht störe."

Alle paar Tage schneite Silvia in meinen Laden. Als Chemiestudentin pendelte sie zwischen Hörsaal und Labor. Ihr Weg führte bei mir vorbei, und so kam sie gern auf einen Plausch herein.

„Ich war neugierig auf deinen Freund Donnhorst."

„Als Freund würde ich ihn nicht bezeichnen. Wir waren in einer Klasse."

„Egal. Claudia hat mich mal mitgenommen in seine Vorlesung. Du kannst dir das nicht vorstellen. Brechend voll der Hörsaal. Jura ist doch so was von trocken, hab ich gedacht. Der Typ spricht völlig frei, ganz locker, kein

Konzept, keine Dias, nix. Ständig macht er Witze. Da fragt er eine Studentin in der ersten Reihe: „Bitteschön, meine Liebe, wie definieren Sie Betrug?" Sie kriegt einen roten Kopf und sagt: „Wenn jemand die Unwissenheit eines Anderen zu dessen Nachteil ausnützt." „Sehr gut", sagt Donnhorst, „dann wird vermutlich keiner im Examen durchfallen, denn nach Durchsicht Ihrer Hausarbeiten würde ich mich des Betruges schuldig machen, wenn ich Ihre Unkenntnis zu Ihrem Nachteil verwenden würde." Und so geht das die ganze Stunde. Der er-klärt einen Sachverhalt so, dass sogar ich das verstehe."

„Glaub ich gern, der hat in der Schule schon gut reden können. Die meisten Lehrer haben da alt ausgesehen."

Silvia schwärmte:

„Du kannst dir nicht vorstellen, wie die Mädels auf ihn stehen. Nach der Vor-lesung konnte man noch Fragen stellen. Mädels, lauter Mädels standen um ihn rum. Wenn er nicht so groß wäre, hättest du ihn in der

Menge gar nicht gefunden. Ich glaub aber, der ist immun gegen Frauen."

Harry kam jeden Mittwoch, zog sich den Stuhl in meine Nähe, und bald angelte er selbst die Schnapsflasche unter dem Schreibtisch hervor.

„Du bist mir nie in den Rücken gefallen", sagte er einmal, und es fiel ihm sichtlich schwer, nahm einen Schluck und mir war, als müsse er sich Mut an-trinken. Er hatte mir schon einiges von seiner Arbeit an der Uni und dem Aufsichtsratsposten erzählt. Ich hörte ihm gern zu, die Art wie er sprach war anders als zu Beginn. Seine klangvolle Stimme und wie elegant er mir seine Gedanken auseinander setzte, das war das an Harry, was mir schon zu Schul-zeiten gefallen hatte.

„Du hast nie mitgemacht bei den Hänseleien und mich nie verraten."

Er schien nach Worten zu suchen.

„Das habe ich dir hoch angerechnet."

„Ja, die haben dir ganz schön zugesetzt."

Es soll jeder machen, was er will, solange er mich nicht beeinträchtigt. Mir war es egal, ob

Harry an seinen Nägeln kaute. Von mir aus hätte er furzen oder popeln können. Aber wenn Einer Kaugummi kaut, während er mit mir spricht, da muss ich an mich halten. Jeder kann seine blöden Angewohnheiten haben. Sollte er doch seine Finger abfressen, wenn ihm danach war.

Mit dem Kinn wies ich auf seine Hände.

„Hast du damit aufgehört oder warum sehen deine Hände so großartig aus?"

„Professionelle Maniküre. Keiner merkt das."

Harry lachte.

„Früher habe ich mir selbst künstliche Nägel aufgeklebt. Das ist nicht so ein-fach. Du brauchst Geduld und eine ruhige Hand, dass sie nicht verrutschen. Eine Menge Geld hat das gekostet. Jede Woche zehn neue Nägel. Mein ganzes Taschengeld ist dafür draufgegangen. In der Drogerie kannten sie mich bald. Wenn ich zur Tür reinkam, ging eine Verkäuferin ans Regal, legte mir eine Packung Fingernägel hin, ich das Geld, und schon war ich wieder draußen. Das ging ohne Worte. Was hab ich mich geschämt."

Er schenkte sich ein.

„Zwei Schnäpse, jetzt reicht's. Ich trink sonst kaum was."

Dann zeigte er auf die Regale.

„Alles politische Bücher, nichts anderes?"

Augenscheinlich war ihm das mit den Nägeln unangenehm, daher wechselte er das Thema.

„Du kannst bei mir alles bestellen, alte und neue Bücher, wie du willst. Aber vorrätig hab ich hauptsächlich das, was die Politikwissenschaftler und die Soziologen brauchen. Dann vor allem linke Sachen. Nach Hera Lind oder Utta Danella brauchst du hier nicht zu suchen."

„Ich geh dann mal wieder. Nächsten Mittwoch, ist es recht?"

Ich blieb mit dem Gefühl zurück, er würde gern weiter über das peinliche Thema sprechen, auch wenn er diesmal abgelenkt hatte.

„Entschuldige bitte, Harry. Ich weiß nicht, wie ich es anfangen soll, aber ich würde gern noch mal auf die Geschichte mit deinen Nägeln zurückkommen."

Harry hatte eine neue Flasche mitgebracht und schenkte zwei Gläschen ein.

„Ich hab noch nie darüber gesprochen."
„Außer in der Therapie", setzte er hin-zu.

Er atmete ein paarmal schwer, dann brach es aus ihm heraus.

„Ich hab so viel versucht, verdammt viel." So entmutigt hatte er nie gesprochen.

„Was ich alles unternommen habe, damit ich davon loskomme, du kannst es dir nicht vorstellen. Viele haben an mir verdient. Zum Glück spielt Geld bei mir keine Rolle."

„Und, hat irgendwas genützt?"

Er winkte ab.

„In Tibet war ich, in China, stundenlang könnte ich erzählen, bei Ärzten, bei Scharlatanen, überall."

„Erzähl!"

Ich hörte gebannt zu. Egal wovon er sprach, auch wenn er von seiner Arbeit erzählte, am liebsten hätte ich die Augen geschlossen und mich nur meinem Kopfkino überlassen, das er in Gang setzte. Als Zeitungsmann bin ich gewohnt, mir Notizen zu machen. Immer steckt so ein kleines dickes Notizbuch in meiner Jacke. Ganz viel schreibe ich auf, vielleicht kann ich es ja einst verwenden. Auch das, was mir Harry erzählte, schrieb ich hinterher auf.

Den namhaften Psychiater in Zürich hatte Harry im Internet gefunden, immer-hin weit genug entfernt, dass dieser ihn nicht kennen konnte. Gemessen an den vielen Bewertungen musste das eine Koryphäe sein. Die alte Villa zwischen den Kaufhäusern in der Nähe des Sechseläutenplatzes sei nicht zu verfehlen, hatte die freundliche Stimme am Telefon gesagt. In der Beletage sei die Ordination. Harry hatte das Wort nicht gleich verstanden und zurückgefragt. „In der Beletage", wiederholte die Frau, „im ersten Stockwerk, eine Treppe hoch."

„Weißt du, was eine Beletage ist?" fragte mich Harry.

„Keine Ahnung."

„Ich wusste es früher auch nicht. Vor ein paar Wochen habe ich Madame Bovary gelesen, darin kommt das Wort Beletage auch vor. So haben sie früher die elegantesten und luxuriösesten Etagen in den prächtigen Häusern mit dem schönsten Ausblick genannt. Nur ganz Reiche konnten sich das leisten. „Im Sommer ziehen wir aufs Land, den Winter verbringen wir in unserer Bel-etage am Stephansplatz." Wie hört sich das an? Ich hatte gedacht, der Begriff sei ausgestorben."

Der Summer öffnete ihm die Tür in eine Halle mit schwarzen und weißen Fliesen.

„Es roch nach Leinöl, wahrscheinlich von der großen Treppe."

Harry durfte nicht auf die schwarzen Fliesen treten. Nicht, dass es ihm jemand verboten hätte, er machte es immer so, auch auf dem Gehweg, da ließ er jede zweite Platte aus. Warum er das machte? Es war eben so, wie er auch an jeder Fußgängerampel den Knopf drückte. „Push the button!" Selbst wenn die Ampel bereits Grün zeigte, musste er auf den Knopf drücken, Die Stifte auf seinem

Schreibtisch wiesen mit der Spitze stets nach rechts, sonst hätte er sich nicht wohl gefühlt.

„Weißt du, als Kind war ich schon so. Wenn irgendwo Fliesen waren, durfte ich nicht auf die Ritzen treten. Nur auf die Fliesen, sonst starb meine Mutter. Ich bin oft auf die Ritzen getreten, meine Mutter ist nie gestorben. Gut, jetzt ist sie tot, aber ich mach das immer noch so."

Zwei Windhunde aus weißem Porzellan flankierten die ausladende Treppe.

„Bis hier gingen sie mir." Er zeigte auf seine Brust. „Und ich bin nicht klein."

Dann verzog Harry sein Gesicht und machte mir vor, wie gleichgültig und her-ablassend die Windhunde an ihm vorbeigeguckt hatten.

Die Treppe hoch nahm er nur jede zweite der ausgetretenen Stufen und lauschte, ob sie auch knarrte, sonst ging er einen Schritt zurück. Dazu buchstabierte er mit, „Bel-e-tage-bel-e-tage", bis zum Treppenabsatz.

„Anderen Leuten würde ich sowas nicht erzählen. Die würden denken, der Professor hat wirklich ein Rad ab. Beletage, Simon.

Allein dieses Wort schafft Abstand zum gewöhnlichen Volk. In diesem Ambiente arbeitet man nicht, man empfängt. Und die Praxis hieß Ordination. Angemessen, oder?"

Eine freundliche Mitarbeiterin öffnete die wuchtige zweiflügelige Mahagonitür mit Schnitzereien am Rahmen und drückte ihm eine Mappe mit Testbögen in die Hand. Hier residierte der berühmte Arzt.

„Du kennst mich, ich bin nicht schüchtern. Ich kann mir vorstellen, dass in diesem Gepränge manches Anliegen seine Bedeutung verliert. Der Psychiater saß wie festgeklebt hinter seinem großen Schreibtisch, nicht einmal zur Begrüßung hat er sich erhoben."

„Hat er dich ausgefragt, irgendwas untersucht?"

„Ach was. Der hat die Mappe mit den Tests vor sich, blättert sie mit seinen dicken zittrigen Fingern durch, brummt irgendwas, spricht von zwanghafter Persönlichkeitsstörung und nennt Fachbegriffe. Anankasmus, Erkrankung des limbischen Systems, Basalganglien und andere, das hab ich mir alles gemerkt."

„Hast du immer noch das gute Gedächtnis wie früher?

„Das hat sich nicht geändert. Ich höre einen Vortrag und kann ihn hinterher fast wörtlich niederschreiben. In Konferenzen mache ich mir nie Notizen."

„Ihr müsst doch miteinander gesprochen haben?"

„Kaum. Kennst du die alten schwarzweißen Kriminalfilme? Der Verhörte sitzt dem Kommissar gegenüber, und der richtet eine helle Schreibtischlampe so auf den Delinquenten, dass der geblendet ist und seinen Verhörer nicht sieht. So war das bei dem Arzt. Der saß unmittelbar vor dem Fenster, die Sonne scheint herein, ich sehe nur die Silhouette und im Gegenlicht seinen Kopf mit den Haaren wie ein Strahlenkranz. Ich hab an ihm vorbei aus dem Fenster geguckt, schalldichte Fenster und draußen der Stummfilm. Fußgänger, Rad-fahrer, Straßenbahnen, ganz hinten der Fluss, die Limmat, und ein Zipfel Zürichsee mit den weißen Segeln. Gegenüber das Opernhaus."

„Das war alles?"

„Ein paar Fragen hat er noch gestellt, aber so leise, ich dachte, er spricht mit sich selbst, wie wenn er ein Vaterunser aufsagt. So hört sich bei uns der Notar an. Der leiert einen Vertragstext auch so herunter."

Harry lachte.

„Die Situation war so absurd. Es hätte noch gefehlt, der schiebt mir seine fette Hand huldvoll über den Tisch und ich darf den Ring küssen, wie bei den Kardinälen."

Mittwoch darauf war Harry wieder da. Alles war wie immer, mittlerweile schaltete er auch die Kaffeemaschine ein.

Wenn ich mit Kunden zu tun hatte, wartete er geduldig. Manchen winkte er einen Gruß, wenn er jemanden wiedererkannte.

„Ich war vier Wochen in einem tibetischen Kloster. Jeden Tag Meditation, tagelang mit niemandem reden. Hast du schon mal den Tee mit Yak Butter getrunken? Schmeckt tranig und salzig. Ein empfindlicher Magen macht so was nicht mit. Ob du es glaubst oder nicht, nach vier Wochen war ich mein Nägel-kauen los, einfach vergessen, kein Verlangen mehr danach. Ich war so happy, ich kann dir's gar nicht sagen. Dann fahre ich mit dem Taxi zum Flughafen, steige aus, und weg ist das Taxi, verschwindet im Gewühl, mein Koffer und die Taschen waren noch hinten drin. Bis Frankfurt hatte ich meine Nägel alle ab-gebissen."

„Was hast du in deinem Konzern gesagt? Du kannst ja nicht sagen: Ich kau meine Nägel ab, ich geh ins Kloster."

Harry lachte.

„Ich hab gesagt, ich bin im April vier Wochen weg. Einfach so, ich bin dann mal weg, wie Hape Kerkeling. Die waren alle überrascht. Denn ich und Urlaub, das gab es nicht. Sind Sie krank? Wollen Sie verreisen? Ich hab gesagt, ich nehme eine Auszeit. Andere machen das auch. Stimmt schon. So kennt mich keiner. Ich komme morgens als Erster. Nur der Portier ist hinter seiner Glasscheibe, und in den Gängen brummen die Maschinen des Reinigungstrupps. Wenn ich jemandem begegne, geh ich hin, geb ihm oder ihr die Hand. Vierhundert Leute sind wir; ich kenne jeden. „Guten Morgen, Herr Hartmann."
„Schon auf den Beinen, Frau Köhler." „Was

macht die Familie, Khadija, wie geht es Nadira?" Alle staunen über meine Energie. Und jetzt Auszeit? Kein Wunder, dass alle rätseln."

Harry zog ein Foto aus dem Jackett.

„Das war in Kunming, China. Kongress über Vertragsrecht."

Ich lachte.

„Das sieht aus wie eine Giraffe inmitten lauter Elefanten."

Der blonde Mann überragte die Gruppe schwarzhaariger Chinesen um mindestens einen Kopf.

„In der Nähe war eine Akademie für chinesische Medizin, ein Kollege hatte sie mir empfohlen. Ich versuche ja alles."

„Akupunktur?" fragte ich.

„Nicht nur Akupunktur. Da war eine lustige kleine Ärztin mit einem Englisch, das ich kaum verstehen konnte. Professor Déguó rén hat sie mich genannt. Déguó rén heißt Deutscher. Die konnte meinen Namen nicht aussprechen. Die hat mich gequält. Klar, Akupunktur, das war das erste."

„Das kenn ich, das tut doch nicht besonders weh."

„Glaub mir, das tat weh. Und wie das weh tat. Mit jeder Nadel hat sie so lange in meinem Fleisch herumgesucht, bis ich „Au" gesagt habe, dann hat sie gelacht und war zufrieden. Manchmal haben sie Strom durch die Nadeln ge-schickt, ich sag dir, wie Folter. Oder der bittere Tee, dass du fast brechen musst. Bei der Massage haben sie mir eine Rippe gebrochen. Ich hab genug von chinesischer Medizin. Geholfen hat es nicht."

Harry nippte am Schnaps und sein Gesicht leuchtete, als er von der chinesischen Kopfmassage schwärmte.

„Ein ganz winziger Friseurladen. Jeden Abend bin ich hingegangen, ein Kollege hat es mir empfohlen. Die Frauen waren reizend, haben immer gelächelt und gekichert, das hat sich angehört wie das Zwitschern auf dem Vogelmarkt, durch den ich jeden Morgen gehen musste. Und wenn dir eine den Kopf ein-schäumt, das ist so zart, dass es dich friert, obwohl sich das auf dem Kopf anfühlt wie warmer Schnee."

„So kenn ich dich gar nicht, Harry. Ich hab dich noch nie schwärmen hören."

„Das war unglaublich, es lässt sich nicht beschreiben. In der Zeit habe ich meine Nägel vergessen."

„Du hättest eine von den Frauen mitbringen sollen."

„Ja, vielleicht, ich habe tatsächlich an so etwas gedacht. Auf dem Rückflug habe ich einen Abt aus einem tschechischen Kloster kennengelernt, Bruder Maurus, der hat mir Exorzismus angeboten. Das machen die noch, nennen das jetzt Befreiungsdienst."

„Schon mal an Psychotherapie gedacht?" fragte ich.

Ein kurzes schnaubendes Lachen durch die Nase.

„Mach ich, Psychoanalyse, seit Jahren jede Woche."

„Respekt, bei wem?"

„Kennst du nicht, ist in Hamburg."

Er hatte den Gedanken lange Zeit vor sich hergeschoben. Die Ausrede war immer der volle Terminplan gewesen. Zweihundert Sitzungen, das sei üblich, hatte der Therapeut dem verwunderten Anrufer erklärt. Aber danach wäre er frei, hätte seinen Zwang los, meistens jedenfalls. Zweihundertmal, das wären fünf Jahre. Harry würde die Zeit durchstehen, daran zweifelte er nicht; er gab nie auf. Er war wegen des Nagelkauens gekommen, aber das interessierte den Psychoanalytiker nur am Rande. „Was macht es mit Ihnen, wenn Sie nicht perfekt sind?" „Wie geht es Ihnen, wenn Sie nicht die Kontrolle haben?" Solche Fragen stellte er.

„Ich will nur aufhören, an den Nägeln zu fressen, mehr nicht. Aber der fragt nach meiner Kindheit. Ob ich meinen Vater umbringen wollte und so was. Klar, hatte ich manchmal Hass auf meinen Alten, aber hat das nicht jeder, oder?"

Ich war auf Psychoanalyse ohnehin nicht gut zu sprechen. Psychoanalyse sei die

Geisteskrankheit, für deren Therapie sie sich halte, hatte ich irgendwo ge-lesen."

„Die Therapeuten wühlen im Schlamm und das Einzige, was sie erreichen, ist ein trübes Wasser", warf ich ein. Ich hatte keine Ahnung, worüber ich sprach, aber es hörte sich gut an. Und dann sagte ich noch:

„Immer in der Kindheit rumsuchen ist, wie wenn du beim Laufen ständig nach hinten guckst und vorn rennst du mit dem Kopf gegen einen Lichtmast."

Manche Sitzung hatte Harry im Groll verlassen. War der Mann überhaupt in der Lage, sein Leiden zu verstehen?

„Willst du wissen, Simon, wie so eine Therapie abläuft?"

Natürlich wollte ich es wissen. Ich hörte Harry immer noch gern zu, zumal ich mich wunderte, wie er sich mir öffnete.

„Ich habe manchmal gedacht, solche Selbstgespräche kann ich zu Hause auch führen. Dass ich Perfektionist bin, das bin ich schon immer, dass mir das einer sagt, dazu brauche ich keine Therapie. Ich bin jetzt gerade einmal vierzig, ich bin Vorstandsvorsitzender eines Weltkonzerns, ich bin Lehrstuhlinhaber der angesehensten juristischen Fakultät. Dass ich besser sein muss als die anderen, dass ich die Kontrolle haben muss, was soll daran schlecht sein?"

„Warum hast du nicht aufgehört mit der Therapie, wenn du nicht vorankommst?"

„Ja, warum." Er klang resigniert, dann schob er den Unterkiefer vor und wirkte entschlossen.

„Wenn ich etwas anfange, bringe ich es auch zu Ende."

Immer hielt er durch. Das war eben Harry. Aufgeben kam nicht in Frage, Auf-geben wäre Versagen. Er kapitulierte nicht. Nie. Er rannte Marathon. Und wenn die Lungen noch so sehr brannten, die Muskeln steif wurden und die unerträglichen Schmerzen ihm fast die Besinnung nahmen, er hielt durch bis zum Ziel. Sie hatten ihn ins Krankenhaus gebracht, als er hinter der Ziellinie mit versagendem Kreislauf zusammengebrochen war. „Das hätte böse ausgehen können.", hatten sie gesagt. Harry war stolz gewesen. Schmerz und

Kreislauf hatten seinen Willen nicht gebrochen.

„Ja, warum tu ich mir das an? Der Aufwand ist groß. Jeden Freitag fahre ich nach Hamburg. Eine Strecke fünf Stunden mit dem Zug. Der ganze Tag ist weg."

Er guckte in meiner Buchhandlung umher, als sei dort irgendwo die Lösung versteckt.

„Du klingelst, der Therapeut öffnet die Tür, geleitet dich in einen Raum, weiße Wände, weiße Vorhänge bis auf den Boden, eine dunkelbraune Couch wie bei Freud und hinter dem Kopfende ein dunkelbrauner Ledersessel. Sonst nichts. Doch, ein Bild von Dali, das mit den geschmolzenen Uhren, und ein großer dunkelblauer Teppich, aber beides siehst du nicht, wenn du liegst. „Bitte-schön", sagt er, und dann musst du dich hinlegen, das kostet ganz schön Überwindung. Er setzt sich hinter dich in den Sessel mit einem Schreibblock und manchmal höre ich den Bleistift kratzen. Du siehst den Mann ja nicht, hörst ihn nur, das ist eine komische Situation. Zu gucken gibt es nichts. Alles weiß, die Wände, die Decke, die

Vorhänge. Nirgends ein Fleck oder mal eine Spinne.

Zu Beginn immer derselbe Satz „Worüber möchten Sie heute sprechen?" Manchmal vergeht eine ganze Stunde, ohne dass ich ein Wort gesagt habe. Dann fragt er beim nächsten Mal „Worüber möchten Sie heute schweigen?"

Wenn ich nichts sagt, ist er auch still."

„Schläft man da nicht ein?" fragte ich.

„Du glaubst nicht, wie oft ich beinahe eingeschlafen wäre und manchmal habe ich eine ganze Stunde verschlafen. Und das für einen Haufen Geld. Vielleicht schläft er in dieser Zeit auch. Zum Schluss sagt er „So", erhebt sich, und ich kann auch aufstehen."

„Seit wann kauen Sie an den Nägeln?" Der Therapeut hatte alles ganz genau wissen wollen. Vieles kannte Harry nur aus Erzählungen. Dass er schon im Säuglingsalter ständig Finger und Zehen im Mund gehabt hatte. Nicht nur seine, er nahm auch die anderer Menschen. „Wie haben die reagiert?" Die Mutter hatte es zugelassen. „Und der

Vater?" So genau wusste er es nicht mehr. „Der ist mir wohl gar nicht erst zu nahe gekommen." Keine Woche verging ohne Entzündung oder Eiterung der Fingerspitzen. Er erinnerte sich an die zahllosen Pflaster, an die Handschuhe, an die Flüssigkeiten, die erst auf den Wunden brannten und dann bitter schmeckten, wenn er doch die Finger in den Mund steckte. „Wie lange ging das so?" „Lange. Dann hat sie mich das erste Mal geschlagen. Wenn ich zurückdenke, meine Mutter konnte nicht mehr, ihr war das zu viel geworden." „Und Ihr Vater?" „Der hat meine Mutter machen lassen. Der hat sich rausgehalten. Ich glaube, dem war das alles unangenehm." „Hat Sie Ihre Mutter öfter geschlagen?" „Am Anfang nicht, da hat sie es jedes Mal bereut, sie hat auch geweint danach. Später hat sie mehr geschlagen. Meistens auf die Finger. Dann schon mal auf den Po, auf den Rücken, auf den Kopf." „Mit der Hand?" „Erst schon. Dann mit einem Lineal, der Blockflöte, Schuhlöffel, was eben gerade da war. Zuletzt war es ihr egal, wohin oder womit." „Und Sie sind nicht weggelaufen?" „Nein. Meiner Mutter war das hinterher peinlich. Dann hat sie mich in den Arm genommen, mich gestreichelt, manchmal gab es Kakao, nur für mich." „Von Ihrem Vater erzählen Sie nicht viel." „Da gibt es nicht viel zu erzählen. Der war mit sich beschäftigt, war oft nicht da. Und wenn er da war, hat er über irgendwelchen Büchern gesessen, Fernsehen geguckt oder geschlafen. Oft war er auch beim Sport." „Können Sie sich an angenehme Dinge erinnern?" „Ja, abends, das war sehr schön, das ging lange so. Da hat mir meine Mutter vorgelesen. Ich konnte schon lange lesen, da hat sie mir immer noch vorgelesen. Wir haben zusammen auf dem Bett gesessen. Als ich noch nicht so schwer war, durfte ich auf ihrem Schoß sitzen, eine Decke um uns beide herum, das war toll. Ich schäme mich fast, das zu erzählen. Dann hab ich die freie Hand meiner Mutter genommen, einen Finger in meinen Mund gesteckt, und dann hab ich an ihren Fingernägeln ge-kaut. Und, glauben Sie, die hat das zugelassen. Vielleicht hat sie auch so ge-tan, als merkte sie das nicht." „An Ihren eigenen Nägeln haben Sie nicht mehr gekaut?" „Doch, ständig."

„Weißt du, Simon, fast alle Kinder fressen an ihren Nägeln rum, irgendwann hätte sich das wahrscheinlich von selbst verloren. Aber der Sportlehrer, Henrichs hieß der, kannst du dich an den erinnern? Der hat die Sache ins Rollen gebracht. Der konnte mich sowieso nicht leiden. Der war einfach neidisch auf meine Leistungen. Da hat er meine Fingernägel als Anlass genommen, wir einen reinzuwürgen."

„Was hast du denn für abgefressene Nägel, das sieht ja verboten aus." Der Sportlehrer war der Erste gewesen. Dann nahm ihn der Klassenlehrer zur Seite und bestellte die Mutter zur Unterredung. Ob sie schon mal beim Arzt gewesen sei mit ihm. Dann am besten zum Nervenarzt. „Tausend Ratschläge hat meine Mutter bekommen." „Ratschläge sind auch Schläge", war der trockene Kommentar des Therapeuten. Vielleicht brauche der Junge Kalk, Kalzium. Eierschalen abkochen und den Sud trinken. Andere hatten Bürstenmassagen angeregt, Wechselgüsse kalt und warm. Sie hatte es auch mit Vitaminen versucht, ihm dann keine Getreideprodukte mehr zu essen gegeben, Milch und Käse weggelassen, man hatte so viel von

Laktoseintoleranz gehört. Die Tante hatte eine schwarze Tinktur mitgebracht. Aus hundert Kräutern, Schwedenkräuter, aber eigentlich sei es ein altes russisches Rezept, das helfe bei allem. Harry hatte sich gewehrt. Der Vater musste ihn mit Gewalt fest-halten und mit einem Löffelstiel die zusammengebissenen Kiefer aufhebeln, damit seine Mutter die bittere Flüssigkeit in seinen Mund kippen konnte. Er schlug um sich, trat, biss die Mutter und erbrach alles. Nein, beim Arzt waren sie noch nicht gewesen. Vielleicht bräuchte der Junge ein Beruhigungsmittel, hatte der Klassenlehrer noch angeregt.

„Wie alt waren Sie da?" Der Therapeut machte sich Notizen auf dem großen Block. Harry hörte das Kratzen des Bleistifts auf dem Papier und fragte sich, ob der Psychologe genau wie er Wert legte auf scharf gespitzte Stifte. Wie alt mochte er gewesen sein? Zehn, elf, zwölf vielleicht. „Meine Mutter ist mit mir zum Nervenarzt, das war ein dürrer Mann mit gelben Zähnen und gelben Fin-gern. Er roch nach Zwiebeln, sein Blick sprang im Zimmer umher und ständig kratzte er sich irgendwo. Meine Mutter sollte berichten, aber der Mann hörte gar nicht richtig zu. Ich weiß noch, wie er mir kurz mit einer Taschenlampe in die Augen geleuchtet hat, dann musste ich auf einem Bein stehen, und mit einem kleinen Hammer hat er mir auf die Knie geschlagen. Dann hat er einen Blick auf meine Fingernägel geworfen, fertig. Zum Schluss hat er ein Wort gesagt, von dem ich jetzt weiß, dass es Onychophagie heißt, das sei eine ernste Sache, das könne noch schlimme Folgen haben, hat aber nicht gesagt, was für welche. Meiner Mutter hat er ein Rezept über ein Beruhigungsmittel mit-gegeben. Wir waren schon an der Tür, da hat er zu mir gesagt „eigentlich gehörst du in den Frankfurter Zoo, mein Junge, in den Affenkäfig." Ich hab die Worte noch genau im Ohr, ich hab gedacht, der macht Spaß und hab gelacht. Er hat nicht gelacht. Jeden Morgen musste ich das Beruhigungsmittel nehmen. Klar, das hat gewirkt, ich hab halt geschlafen im Unterricht, da hab ich nicht an den Nägeln gekaut." Harry hörte den Stift des Therapeuten kratzen. „Und wie ging's dann weiter?" „Weil ich so viel geschlafen hab in der Schule, musste meine Mutter wieder zum Lehrer. Ob wir beim Arzt gewesen seien. Was er gesagt hätte. Meine Mutter hat alles erzählt, auch das mit dem Affen-käfig." „Und?" „Ab dann hatte ich es richtig schwer. Der Lehrer hat das Gespräch nicht für sich behalten, hat alles herumerzählt. Und auf einmal nannten sie mich Äffi. Äffi, können Sie sich das vorstellen? Erst meine Mitschüler, dann auch die Lehrer, die ganze Schule. Nur Simon aus meiner Klasse hat noch Harry zu mir gesagt."

„Ich hab dich nie Äffi genannt", warf ich dazwischen.

„Du nicht, aber sonst alle."

„Du hast dir das aber nicht lange gefallen lassen."

„Was hättest du denn gemacht an meiner Stelle?"

„Ich hätte es mir gefallen lassen müssen. Ich war ja nicht so stark wie du." Harry hatte sich das Hänseln eine Zeitlang angehört. Dann begann er zuzuschlagen. Er war ungeheuer stark, daher hatten alle Respekt vor ihm, auch die Großen. Nannte ihn jemand Äffi, setzte er die Faust ein, blitzschnell ohne vorzuwarnen, mitten ins Gesicht, mit aller Kraft, die er aufbieten konnte und zerbrach sogar eine Nase. Einzig seine Intelligenz und sein unfassbares Wissen verhinderten den Rauswurf. So einen brillanten Schüler durfte die Schule nicht gehen lassen. Harry war Einzelgänger. Andere Jungs spielten Fußball, gingen zum Tanzen, entdeckten Mädchen. Harry las und kaute dabei seine Nägel ab. Das war die Zeit, als er jede Woche in der Drogerie Kunstnägel kaufte.

„Die Therapie machst du noch?"

„Ich halt das jetzt durch, auch wenn ich nicht sehe, dass es hilft. Ein Jahr noch."

„Wie bist du hier in dieser Stadt gelandet?"

„Ich glaube, die waren froh, als sie mich nach dem Abi loshatten. Ich wollte nur weg, weit weg."

Er zählte die Etappen seiner Karriere auf.

„Und deine...?" Ich deutete auf seine Hand. „Wie reagieren die Leute?"

„Hier weiß keiner davon. Ich hab gelernt mich zu beherrschen, ganz gelingt das nicht, aber es kriegt keiner mit, da bin ich gut drin. Wenn die Nägel kaputt sind, geh ich ins Nagelstudio. Die machen das perfekt und keiner sieht es. Ist halt meine Passion, Leidenschaft und Leiden. Bei Kindern ist das egal, die dürfen das. Aber stell dir mal vor, ich steh vor meinen Studenten mit meinen Fingern im Mund. Ich bin ja auch im Vorstand von dem Konzern hier. Ich hab eine Sitzung, die Presse ist dabei, ich fress an meinen Nägeln und einer fotografiert mich. Mal dir mal aus, was passiert."

„Bist du verheiratet, hast du eine Beziehung."

„Ich hatte einige, aber nie eine hier in der Gegend. Ich hab tolle Studentinnen und glaub mir, mir fällt es verdammt schwer, mich zurückzuhalten. Aber da bin ich eisern. Wie schnell ist mein Ruf ruiniert, wenn mein Spleen einmal die Runde gemacht hat."

„Und wie machst du's?"

„Internet."

„Internet?"

„Ja, hat schon paarmal geklappt. Ich such mir immer Frauen weit weg."

„Und wieso hält das nicht?" Er lachte.

„Irgendwann kriegen sie es doch raus. Ich beiß auch den Frauen gern auf die Nägel."

Wieder lachte er, und seine Stimme wurde leiser und tiefer und hatte etwas Verschwörerisches.

„Ich beiß ihnen auch in die Zehennägel. Und dann ist es meistens aus. So ein schräger Vogel hat bestimmt noch andere seltsame Ideen. Wahrscheinlich gucken alle am Sonntag Tatort. Egal."

Er zuckte die Schultern.

„Derzeit bin ich mit einer befreundet, die hat ein Nagelstudio, nicht ganz so weit, fünfzig Kilometer von hier. Eine tolle Frau, früher Lehrerin, unwahrscheinlich hübsch und klug, es macht Spaß, mit ihr zu reden. Ich fahr hin, so oft es geht. Und sie macht mir meine Nägel. Bei ihr kann ich knabbern, wo ich will, das genießt sie sogar. Hoffentlich hält es."

„Ich wünsch dir Glück."

Wie immer hatten wir Kaffee und dazu einen Schnaps getrunken. Meine Stimmung war großartig. Ich sonnte mich darin, Harrys Vertrauter zu sein. Während ich den Stuhl zurückstellte, die Flasche unter den Schreibtisch schob, die Gläser spülte, liefen unsere Gespräche auf meiner geistigen Leinwand noch einmal ab. Harry war schon lange nicht mehr zur Therapie gegangen und hatte seine Entscheidung nicht als Versagen betrachtet.

„Die Gespräche am Mittwoch mit dir bringen mir tausend mal mehr", hatte er eines Tages gesagt. Auch wenn wir in zwei Welten lebten, wir waren Freunde geworden, und ich freute mich auf jeden Mittwoch.

Ein Nagel an Harrys Zeigefinger hatte sich gelöst. Seine Partnerin war verreist. Er hätte ein paar Tage mit einem Pflaster überbrücken können, aber am Abend stand eine wichtige Pressekonferenz an. Harry hatte mich noch nie in meinem Büro angerufen, es war das erste Mal. Noch nie hatte ich ihn so er-regt erlebt.

„Ich muss mit dir reden, ich muss das loswerden. Heute Abend muss ich Rede und Antwort stehen, eine heiße Sache, unser Konzern ist ins Gerede gekommen,

Korruptionsvorwürfe, Presse, Fernsehen, alle haben sie uns im Focus, heute Abend ist Pressekonferenz, da erwarten sie meine Stellungnahme."

Und haarklein erzählte er mir den Nachmittag. Wie er mit seinem kaputten Nagel zu einer Kollegin seiner Freundin gegangen war, sie hatte den neuen Nagel aufgeklebt, mit seinem Finger unter der UV-Lampe warteten sie nur noch auf das Härten des Klebers, Sekunden noch. Harry machte, was er bei seiner Freundin in solchen Augenblicken zu tun pflegte, nahm die Hand der Frau, führte sie zum Mund und begann, auf deren Fingernagel herumzubeißen, vielleicht war es die Aufregung. Wenige Sekunden nur, sie sprang auf, entriss ihm ihre Hand und schrie ihn an „Was bist du für ein perverses Schwein, willst du jetzt auch noch ficken oder was? Verschwinde, mach dich davon, auf der Stelle!"

Harry hatte mir jedes Detail erzählt und schien danach ruhiger.

Der Abend musste erfolgreich gewesen sein. Presse, Fernsehen und eine große

Zuhörerschaft waren anwesend. Alle Fragen parierte er elegant und mit Charme. Wenn jemand auf das Pflaster an seiner Hand anspielte, sagte er „kleine Verletzung." Der große Saal leerte sich, sie saßen noch in launiger Runde beieinander. Die Spannung war verflogen. „Professor, großartig hast du das gemacht." Alle waren sich einig. „Du hast nicht eine Frage offengelassen, die Politiker sollten mal bei dir lernen, deine geistreichen geschliffenen Ant-worten." „Auf so einen Chef kann der Konzern stolz sein."

Der Sekt war Treibstoff für die Stimmung, mit jeder Flasche schäumte sie mehr, Ausgelassenheit griff um sich und die Lautstärke legte zu. „Harry, du bist der Beste."

Zu später Stunde hielt ihm einer sein Handy hin:

„Sag mal, bist du damit gemeint?"

Er überflog die Notiz auf dem Bildschirm. In einem der Netzwerke war die Re-de von einem Professor der Rechtswissenschaft, Vorstandsvorsitzender des ortsansässigen Konzerns. Von sexuellen Übergriffen schrieb man, von perversen Handlungen. Die

Kommentare im Netz überstürzten sich bereits, die Stimmung war überhitzt.

„Schwanz ab!"

„Aufhängen!"

„Abschieben!"

„Vergasen!"

„Ich weiß, wo du wohnst, du Schwein!"

Und einer schrieb: „Den kenne ich, der war in meiner Klasse, wir haben ihn Äffi genannt, der war damals schon so eine perverse Sau."

Niemand nahm wahr, als Harry seine Fliege löste und den oberen Hemdknopf öffnete. Und die es sahen, schrieben es der gelösten Stimmung zu.

Woher ich das alles weiß, ich war ja nicht dabei? Gelegentlich schreibe ich eine Kolumne für die städtische Zeitung. Unter dem Vorwand der Berichterstattung habe ich Zutritt auch dort, wo sich Anderen niemals eine Tür öffnet und mir werden Informationen zugespielt, die sonst keiner erlangt.

Am nächsten Tag berichteten die regionalen Zeitungen am Rande über die Pressekonferenz. Eine ganze Seite hingegen widmeten sie dem Unfall, bei dem ein renommiertes Mitglied der hiesigen Universität, Inhaber des Lehr-stuhls für Vertragsrecht, zugleich Vorstandsvorsitzender des weltweit be-kannten Konzerns, ums Leben gekommen sei. Weder Alkohol noch Drogen seien in seinem Blut nachweisbar gewesen. Man schrieb es den schwierigen Witterungsbedingungen zu und der regennassen Fahrbahn. Der Unfallhergang unterliege noch der Aufklärung. Möglicherweise sei er in der bekannt gefährlichen Linkskurve von einem entgegen kommenden Fahrzeug geblendet worden, auch wenn es dafür bislang keinen Anhalt gab. Vielleicht habe er bei einem Ausweichmanöver, es sei ja auch die Zeit der Wildwechsel, die Kontrolle über sein Fahrzeug verloren. Ein vorüberkommender Fahrer habe das am Baum zerborstene Auto entdeckt.

Professor D. habe als äußerst korrekt gegolten, daher habe die Polizei bislang keine Erklärung dafür, warum er den Sicherheitsgurt nicht angelegt hatte.

Das Foto hatte mir Harry geschenkt. Ich habe es an die Wand geheftet, neben die Eintrittskarte von Woodstock und die Todesanzeige von John Lennon. Giraffe inmitten von Elefanten. Langsam rollt es sich ein und ist schon ein bisschen gelb geworden.

Sie nannten ihn Hose

Wenn ich an die Blumenkästen draußen vor dem Fenster will, räume ich die paar Gegenstände von der Fensterbank ab und lege sie anschließend zurück, sorgfältig und genau wie zuvor.

Irenäus war mein Freund. Bis er starb. Da war er sechsundzwanzig. Er wohnte in einem winzigen Gartenhaus. Wenn ich an seine Tür klopfte, musste ich nicht auf ein „Herein" warten. Ich drückte die Klinke herunter und wenn sich die Tür nicht öffnen ließ, war er nicht da oder wollte nicht gestört werden.

„Was machst du?" fragte ich beim Eintreten

„Nichts."

„Wie, nichts? Du kannst doch nicht nichts machen."

„Doch, kann ich."

Dieser Wortwechsel spielte sich so oder ähnlich immer wieder ab, er war unser Ritual.

„Komm mal her."

Damit ergriff er mich beim Arm und zog mich neben sich auf das Sofa. Tagsüber war es Sofa und nachts schlief er darauf. Die dunkelbraune Decke aus Alpakawolle hatte hier und da Löcher, da war ihm Glut aus der Pfeife gefallen. Das nahe Fenster stand offen, und von draußen kam es merklich kühl herein.

„Siehst du den Baum?"

„Der steht doch schon immer da, und?"

„Sicher, aber was ist anders?" Ich zuckte die Schultern.

„Seit zwei Wochen gilbt er."

Jetzt sah ich, was er meinte. Es war kein richtiges Gelb, höchstens ein Anflug, eigentlich war es nur kein richtiges Grün mehr.

„Am Rand der Blätter hat es begonnen", sagte Irenäus, „und jetzt werden die Blätter gelb entlang der Adern. Ein paar Tage noch, dann fallen sie ab."

„Na ja, gut", entgegnete ich, „was ist daran besonders? Jedes Jahr fallen die Blätter, immer schon, seit es Bäume mit Blättern gibt."

„Nicht ganz. Denk doch mal an die Tropen, in denen es keine Jahreszeiten gibt wie bei uns. Da sind die Bäume immer grün. Klar, auch dort fallen Blätter ab, aber nicht so wie bei uns. Wieso werden bei uns die Blätter gelb, dann braun und fallen runter?"

Wieder zuckte ich die Schultern. Es war keine Arglist, die seine Gesprächspartner in Verlegenheit brachte. Dazu wäre er nicht in der Lage gewesen. Er stellte mir bisweilen ganz einfache Fragen und dann fehlten mir die Einfälle.

„Warum sie abfallen?" fragte ich zurück. „Na, vielleicht fehlt ihnen in der Kälte die Durchblutung und sie sterben ab."

„Wieso sterben die Äste nicht oder der Stamm? Nein, so einfach ist es nicht. Auch wenn es noch nicht so kalt ist, werden die Blätter welk. Woher weiß der Baum, dass der Winter kommt? Es gibt doch auch im Frühjahr und Sommer kalte Tage. Da fallen die Blätter nicht, im Gegenteil, da wachsen sie sogar."

Eine Wolke von Staren zog in eleganten Schleifen über den Himmel. Irenäus deutete hin.

„Wer gibt den Befehl, rechts abzubiegen oder links? Haben die einen Kommandeur? Und wenn, wählen sie den oder ernennt er sich selbst?"

Ich hatte oft diese Schwärme am Himmel gesehen, mir aber nie Gedanken darüber gemacht.

„Oder denk an die Ameisen. Alles funktioniert, jede hat ihre Aufgabe. Aber kennen die sich?"

Irenäus ging den Dingen auf den Grund. Er saß auf dem Sofa mit der löchrigen Decke. Es mutete an wie wenn er träumte, wenn er an die Wand oder nach draußen guckte. Er sann nach, und dass er nicht träumte, davon zeugten die Rauchwölkchen aus seiner Pfeife. Eine ganz alte Pfeife, ihr Kopf mit Seehundfell umkleidet. Im Botanischen Garten hatte sie im Farn neben einer Bank gelegen.

„Riecht streng", fand ich.

„Balkan Sobranie, viel Latakia", war die knappe Antwort.

Irenäus behauptete, dieser Geruch, für meine Nase eine Mischung aus verbranntem Reifengummi und Katzenklo, helfe ihm beim Denken.

„Bierchen?" fragte er, wartete meine Antwort erst gar nicht ab, fuhr mit dem Aufzug in den Keller und kam mit zwei Flaschen zurück. Als verberge er etwas hinter dem Rücken, so musste es einem unwissenden Beobachter scheinen. Der linke Arm war, als hätte ein Bildhauer für den Rest keine Lust mehr gehabt. Verdreht in der Art eines großen Korkenziehers hing er am Rücken herab. Zwischen die Finger der linken Hand hatte er die beiden Flaschen geklemmt, die bei jedem Schritt aneinanderschlugen. Erst nach geraumer Zeit getraute ich mir die Frage.

„Kinderlähmung", sagte er. „Da war ich zwei, ich hatte noch Glück."

Ich kann nicht einfach sitzen und nur denken. Irenäus konnte das. Ich habe versucht, es ihm nachzutun, wie er Löcher in die Luft zu gucken und meine Gedanken wie Wolken ziehen zu lassen, ohne ihnen eine Richtung zu geben. Es machte mich unruhig. Vielleicht lag es an der Pfeife. Ich habe mir eine gekauft in der einfältigen Idee, es ginge damit besser. Sogar mit der beißenden Balkanmischung versuchte ich es. Der Rauch reizte Hals, kondensierte im Mund, ich musste ausspucken. Die Redaktion der Zeitung hatte meinen versprochenen Artikel wiederholt schon angemahnt. Jutta müsste ich die Reifen wechseln, Rolf wollte ich die Platte überspielen und Judotraining wäre auch. Silvia beklagte sich, ich widme ihr zu wenig Zeit. All das ging mir durch den Kopf. Wie sollte ich bei dieser Fülle an Aufgaben nur dasitzen und äußerlich nichts tun? Mein Tag müsste achtundvierzig Stunden haben, besser zweiundsiebzig, um alles unterzubringen. Nein, es machte mich ärgerlich, nur zu sitzen und mich am Denken zu versuchen. Ich bewunderte Irenäus. Ich bewunderte seine Genügsamkeit. Er ging in die Mensa, nahm sich heißes Wasser am Kaffeeautomaten, tat ein bisschen kostenlose Kondensmilch und ein Löffelchen Zucker hinzu und das reichte ihm. Immer trug er die eine graue Hose aus grobem

Gewebe, und weil sie, viel zu groß, an Bauch und Beinen schlotterte, band er sie mit einer Wäscheleine an sich fest. Wenn wir von Irenäus sprachen, nannten wir ihn „Hose" wegen seiner sonderlichen Erscheinung. Alle Blicke folgten ihm, wenn er, leicht gebeugt, mit einem in sich gekehrten Lächeln einen freien Tisch suchte. Nie setzte er sich zu Anderen, nie setzte sich jemand zu ihm, nie suchte sein Blick einen anderen Blick. Doch stets hatte er das besondere Lächeln, wie ein feines Glühen von innen heraus. Es fiel auf, wenn er fehlte. „Hose war heute gar nicht da."

Einmal bei seinem täglichen Spaziergang durch den Botanischen Garten hatte sich ein Dobermann in seinem Bein verbissen. Ich war hinzugekommen und hatte ihn auf meinem Roller ins Krankenhaus gefahren. So lernten wir uns kennen. Irenäus, von dem ich nichts wusste, als dass wir ihn „Hose" nannten. Er konnte zeichnen wie kein Zweiter, Gesichter, Menschen, Landschaften, Gebäude. Er zeichnete ein aufgeschlagenes Schulheft, einen an der Mauer lehnenden vom Sturm zerrissenen Regenschirm, ein Auto auf Straßenbahnschienen. Mir verschlug es die

Sprache, als ich ihn das erste Mal besuchte. Fassungslos stand ich vor den Bildern an der Wand.

„Hast du das studiert?"

„Nein, ich mal schon immer."

Nicht zum ersten Mal saßen wir zusammen in der Mensa beim Essen, und ich lobte sein Talent.

„Es ist eigentlich ganz einfach", sagte er, „siehst du die Schöne da an der Essensausgabe?"

Und schon hatte er eines der herumliegenden Flugblätter in der Hand.

„Pass auf und guck mal auf die Uhr!"

Auf der unbedruckten Rückseite setzte er an, bald stellte sich heraus, dass es die Nase war, und in einem Zug, ohne abzusetzen, war die Kontur auf dem Papier. Noch ein paar Striche hier und da, wenige Schraffierungen, und die junge Frau hinter der Theke mit Häubchen und Schürze war zweifelsfrei erkennbar. Es hatte keine fünf Minuten in Anspruch genommen. Irenäus erhob sich und reichte seinem Modell mit artiger Verbeugung das Blatt über die Nudeln. Welche Grazie, auch wenn der eine Arm verdreht und unbeteiligt an der Seite baumelte.

„Jedes Gesicht hat etwas Unverwechselbares, du musst es nur herausfinden."

Durch Irenäus lernte ich das Sehen neu.

„Nicht das Muttermal neben der Nase ist das Besondere, auch wenn es sofort ins Auge sticht. Guck dir mal den lächelnden Mund an und vergleiche, ob die Augen dazu passen."

Ich wollte es auch erlernen, gab jedoch nach wenigen Versuchen auf. Mir fehlte die Geduld. Im Frühjahr und Herbst war die Altstadt für das große Stadtfest gesperrt. Vieltausend Besucher zog es an, die sich durch die engen Gassen quälten. Am Rand der Fußgängerzone schlug Irenäus seinen kleinen Stand auf. Wer wollte, konnte sich gegen wenig Geld portraitieren lassen. Die Meisten hatten am liebsten eine Karikatur von sich. die er in Windeseile aufs Papier brachte.

„Das ist so einfach", sagte er. „Jeder hat Augen, Nase, Ohren und irgendwie Haare. Du musst nur das Charakteristische behutsam übertreiben, dann erkennt sich jeder wieder, auch wenn es noch so unähnlich ist. Nur lächerlich machen darfst du nie jemanden, niemals."

Die Gezeichneten verliebten sich in ihre großen Nasen, abstehenden Ohren und ungleichen Augen. Davon lebte er. Zweimal im Jahr der Stand mit den Karikaturen. Es reichte für Miete, Essen, Bier und Tabak.

„Kommst du mit? Ich muss mal aufs Amt, den Ausweis verlängern."

Irenäus Gotthelf las ich auf dem Formular.

„Irenäus ist hier kein häufiger Name", kommentierte ich. Er lachte.

„Gotthelf etwa?"

Später in seinem Zimmer das übliche „Bier?", die Fahrt hinab zum Automaten. Die klimpernden Flaschen kündigten seine Rückkehr an. Er hatte einen gesunden Arm, und doch klemmte er die Flaschen stets zwischen die Finger des gelähmten.

„Frag endlich", forderte er mich auf und hielt mir eine hin.

„Was soll ich fragen?"

Ich musste blöde geguckt haben. Belustigt fuhr er fort.

„Ich hab dir's doch angesehen vorhin."

„Keine Ahnung, was du meinst."

Das machte er manchmal, eine Andeutung in die Welt setzen und vergnügt zusehen, wie ich nach der Lösung suchte.

„Sag halt endlich, was du von mir willst."

„Weshalb ich so seltsame Namen habe, das willst du doch wissen."

Ja, nur zu gern, aber ich hätte nicht danach gefragt.

„Gotthelf weiß ich nicht. Irenäus, darauf hat meine Mutter bestanden.

Du kennst doch diesen Zoologen, den Verhaltensforscher, der hatte doch vor kurzem einen runden Geburtstag. Deshalb stand er ja in allen Zeitungen. Sag nicht, dass du den nicht kennst."

„Ja, kenn ich."

„Also. Mit dem hatte meine Mutter mal ein Verhältnis."

Er unterbrach sich selbst.

„Mein Muttermal heißt das, nicht meine Muttermal."

Auf solche Sprachspielereien verstand er sich.

„Also nochmal. Mit dem hatte meine Mutter ein Verhältnis. Das war vor meinem Vater. Mein Alter wusste bis zu seinem Tod nichts davon. Mir hat sie es irgendwann an Silvester erzählt, da war sie so blau wie nie zuvor und nie danach."

Mit sechsundzwanzig ist Irenäus gestorben, an Krebs wegen der zügellosen Raucherei, wie es hieß. Ob ich die alte Pfeife haben wollte, hat mich seine Schwester gefragt, außer mir die einzige bei der Beerdigung. Sie würde sie sonst wegschmeißen. Die Hose und die paar vergammelten Klamotten wären schon im Mülleimer. Meine dicken blauen Bände von Marx tauschte ich gegen die von Irenäus. Aus einer Laune heraus hatten wir sie einst am Bücherstand der marxistischen

Studentengruppe billig gekauft. Drei dicke Bücher, drei für ihn, drei für mich. Gemeinsam wollten wir sie durcharbeiten. Ich kam über die ersten vier Seiten nicht hinaus. Irenäus hingegen betrieb ernsthaft das Studium der schwierigen Texte. Notizzettel in den Büchern, Unterstreichungen, Randbemerkungen zeugten davon. Meine hingegen blieben neu wie am ersten Tag. Als ich eines Tages den wurmstichigen Fuß meines Kleiderschranks durch den ersten Band der Marxschen Werke ersetzte, konnte ich immerhin beweisen, dass ich mich mit ihnen befasst hatte.

„Ich heiße Silke."

Irenäus Gotthelf und Silke, größer konnte der Kontrast zweier Geschwisternamen nicht sein.

„Bei uns gibt es jetzt üblicherweise Beerdigungskuchen", sagte sie, als wir uns beim Eis gegenübersaßen.

„Ich möchte dich etwas fragen. Gibt es einen Grund, dass eure Namen so sehr unterschiedlich sind? Silke ist nicht so außergewöhnlich. Aber Irenäus und Gotthelf gehören doch eher ins vergangene

Jahrhundert. Irenäus hat mir erzählt, wie er zu seinem Namen gekommen ist."

„Was hat er dir denn erzählt?"

Ich gab wieder, was ich noch wusste.

„So, hat er dir das so erzählt?" fragte sie mit ernstem Gesicht. „Dann wird es wohl stimmen."

Silke hatte auch dieses eigenartige Blitzen in den Augen, wie ich es von Irenäus kannte. Dieses Schalkhafte, das durchbrach, wenn ich ihm auf den Leim ging. Nachts lagen wir auf meinem Bett, Silke neben mir, starrten schweigend in das Dunkel. Ich bin sicher, sie lauschte ebenso auf meinen Atem wie ich auf ihren. Beide wussten wir, dass der Andere nicht schlief.

Sie trug noch immer das dunkelblaue Kleid mit dem weißen Kragen. Irenäus hatte ein Foto von ihr, darauf trug sie es auch.

„Silke, meine kleine Schwester, zwei Jahre jünger."

Wir hatten den ganzen Tag miteinander verbracht, viel gesprochen, Erfahrungen und

Erinnerungen ausgetauscht, waren in Traurigkeit vereint und hatten von Herzen gelacht. Wir hörten einander atmen, und mir war peinlich, dass mein Bauch rumorte. Sollte ich es wagen, einfach meine Hand auf ihre legen und warten, was passiert? Wie sollte ich es anstellen, sie wiederzusehen?

Plötzlich sagte sie in das Dunkel:

„Ich steh leider nicht auf Männer. Ich kann dich gut leiden, aber ich liebe Frauen."

Dann spürte ich, wie sie sich aufrichtete, lachte und in meine Richtung fragte:

„Hat er dir das so erzählt? Hat er dir das wirklich so erzählt?"

„Was denn?"

„Das mit dem Namen, mit den beiden Namen."

„Ja."

Warum fragte sie, und warum lachte sie so unbändig, dass das Bett zitterte und ich mit ihm?

„Wahrscheinlich wusste er es nicht anders und hat es so geglaubt."

Sie überlegte eine Weile.

„Ich kenne die Geschichte anders."

Ihre Eltern entstammten pietistischen Kreisen, erzählte Silke, heirateten früh und trotz beharrlicher Versuche wollte sich keine Schwangerschaft einstellen. Gebete und Fürbitten der Gemeinde waren ebenfalls erfolglos.

„Ich hab zufällig ihr Tagebuch gefunden, als wir nach ihrem Tod ihr Zimmer ausgeräumt haben. Wir mussten die Schubladen des Schreibtischs herausnehmen, sonst hätten wir den nicht tragen können. Unter eine Schublade hatte sie es geklemmt. Das hätte mein Vater nie gefunden. Da schreibt sie, wie sie in den Ferien irgendwo auf einer Insel im Mittelmeer den Wissenschaftler kennengelernt hat. Mein Vater hat sich nicht dafür interessiert, was meine Mutter den ganzen Tag machte. Der saß von morgens bis abends mit seiner Bibel in der Hollywoodschaukel, das war ihm genug, so war er zufrieden. Ja, und weil meine Mutter freie Hand hatte, kam es eben zu dieser kurzen

Romanze. One-Night-Stand sagt man heute dazu. Also nicht so, wie es dir Irenäus erzählt hat. Keine Affäre vor meinem Vater, aber gewissermaßen mit ihm im Nebenzimmer. Einmal, das hat gereicht. Mein Vater hat seinen Kurzzeitrivalen nicht mal kennengelernt."

Vor Verblüffung war ich sprachlos.

„Und Gotthelf? Weißt du auch, was es damit auf sich hat?" fragte ich.

„Eigentlich kannst du dir das selbst denken. Meine Eltern waren sehr fromm, weißt du ja. Irgendwann hatte meine Mutter das Gelübde abgelegt, sollte sie doch schwanger und sollte es ein Junge werden, so hieße das Kind Gotthelf, kommt von Gott, hilf. Klar, oder?"

Die Pfeife mit dem abgegriffenen Seehundfell liegt bei mir auf der Fensterbank, daneben die viereckige Tabakbüchse in Orange und Schwarz, noch halbvoll. „Ich vermisse nichts", hatte Irenäus an seinem vorletzten Tag gesagt, bei der letzten Pfeife auf dem Balkon des Krankenhauses, bevor die Krankenschwester in Grau ihm das heftig scheltend verbot.

„Sie denken wohl nicht daran, wie krank Sie sind."

Irenäus setzte sein gutmütiges Lächeln auf, und es hatte nichts Überhebliches, als er gelassen die Pfeife am Balkongeländer ausklopfte.

„Ich muss noch viel denken", sagte er dabei. Ich muss noch viel denken, das war sein Standardspruch.

„Schade, dass ich den nicht selbst erfunden habe. Du weißt noch, woher der stammt?"

Selbstverständlich wusste ich es noch. Wir hatten den Film dreimal zusammen gesehen. Zur Sache Schätzchen, Werner Enke und Uschi Glas.

Oft, wenn mein Blick seither auf die Pfeife neben der halbvollen Tabakbüchse fällt, sage ich wehmütig, ich muss noch viel denken. Ich sage den Satz leise vor mich hin und bemühe mich um den bedeutungsvollen Ton, den Irenäus so gut beherrschte. Und auch seinen Gesichtsausdruck dabei übe ich.

Wie Viele

Der Kellner hatte das Schälchen mit dem kleinen Gruß aus der Küche abgeräumt und schwungvoll mit Eleganz einen Teller vor sie hingestellt. „Prego, gli antipasti", hatte er gesagt. Für einen Russen in der Pizzeria machte er sich erstaunlich gut. Zilia hielt das Weinglas bereits eine Weile erwartungsvoll erhoben. Sie vertraute auf die Kraft der Gedanken. Wenn sie sich genügend konzentrierte, würde er schon aufblicken. Die Strategie versagte; der Arm begann, schwer zu werden

„Olaf!"

Endlich ließ er die Augen von seiner Uhr.

„Ja?"

„Ich will mit dir anstoßen."

„Klar, Entschuldigung, ich hab das gar nicht gemerkt."

Fast fiebrig hatte er die Lieferung erwartet, voller Ungeduld den Karton aufgerissen, den er dann achtlos vom Tisch fegte. Verständnislos hatte Zilia diesem überstürzten Tun zugesehen. Zilia ging sorgsam mit Verpackungen um, öffnete sie wie ein Geschenk. Bereits einen Monat war es her, dass er das Päckchen erhalten hatte. Seither hatte er nur Augen für seine Uhr, drehte sich alles um sie.

„Legst du die eigentlich zum Duschen ab?"

„Nicht nötig, die Smartwatch ist wasserdicht."

„Zum Glück kann sie nicht sprechen."

„Die nicht, aber ich kann mit ihr sprechen. Pass auf."

„Zilia anrufen!", sagte er zu der Uhr, und einen Augenblick später summte ihr Telefon.

„Toll, und was ist daran so wichtig? Ist ja auch egal. Iss, gleich kommt die Suppe."

Er hatte ihr schon vorgeschwärmt, was die Uhr alles könnte. Ob die Stimmung gut war, ob er zu viel Zucker zu sich genommen hatte oder zu wenig Eiweiß. Die Ausscheidungen kontrollierte sie und was er trank. Alles wusste die Uhr. Und wenn das Trinkwasser in seinem Stadtteil zu viele Schadstoffe aufwies, schickte sie eine Warnung.

„Ist mein Biorhythmus günstig für die Fahrt nach Augsburg?", hatte er sie gefragt. Nach kurzem Rechnen gab die Uhr grünes Licht.

„Die weiß, ob ich am Schreibtisch sitze oder auf dem Klo. Die kann unterscheiden, ob ich auf dem Sofa liege oder im Bett. Gestern hat sie verhindert, dass mich einer überfahren hat."

„Vermutlich hast du auf die Uhr geglotzt. Du hättest auch auf die Straße achten können."

„Aber Seilspringen kann sie nicht", warf Zilia ein.

„Bis jetzt nicht, aber die arbeiten dran", und nach kurzer Pause „Wihitz!"

„Zum Wohl."

„Du glaubst es nicht. Die hat einen Sensor. In ein paar Minuten kann sie mir sagen, wie viel Alkohol ich im Blut hab."

Er stellte sein Glas zurück.

„Das macht die Dual-Chipsatzarchitektur in Verbindung mit Smartcare. Auf dem Amoled-Display siehst du das bei jeder Beleuchtung. Ist das nicht geil? Guck!"

Er hielt ihr den Arm hin.

„Interessiert mich nicht."

„Heute hab ich zu wenig Work-out gemacht. Gestern auch, gerade mal achttausend Schritte, zehntausend brauche ich, und heute waren es noch weniger."

Ohne hinzusehen, stocherte er auf seinem Teller.

„Schmeckst du eigentlich, was du isst?"

„Wie?"

„Du steckst irgendwas in den Mund und weißt nicht was. Ich denke, du isst keine Champignons."

„Champignons? Er guckte auf seine Gabel mit dem Pilz und streifte ihn ab.

„Nee, ess ich auch nicht. Hast du eine Idee, wie viele Kalorien die Vorspeise hat? Höchstens hundertfünfzig, oder? Gestern hab ich vierhundert zu viel gehabt, am Sonntag sogar fünfhundert."

Zilia war eine geduldige Frau.

„Weißt du eigentlich, warum wir hier sind?"

Sie stülpte die Oberlippe über den Rand des Glases, legte den Kopf schief und sah ihn gespannt an. So sah sie immer aus, wenn sie etwas im Schilde führte. Olaf bemerkte die Anzeichen nicht.

„Na?"

Er zuckte die Schultern.

„Dann sag's halt", forderte er sie auf.

„Nein nein, da musst du schon selbst draufkommen."

Wieder griff er zum Smartphone.

„Leg das Ding weg, da findest du die Antwort nicht."

„Du hast eine Gehaltserhöhung erhalten?"

„Ich hab doch vor einem Monat erst eine bekommen."

„Du bist hoffentlich nicht schwanger! Bist du schwanger?"

Ihr Lächeln erstarb.

„Und wenn, wäre das so schlimm?"

„Stimmt das, kriegst du ein Kind? Sag, dass es nicht wahr ist! Wir waren uns doch einig. Jetzt könnten wir das am allerwenigsten gebrauchen!"

„Du warst dir darin einig, mich hast du nicht zu Wort kommen lassen. Nein, mach dir keine Sorgen, ich bin nicht schwanger."

Jetzt stand die duftende Suppe vor ihnen, in leuchtendem Gelb, Zilia griff zum Löffel.

„Guten Appetit."

„Achtzig Kalorien, was meinst du. Was ist das überhaupt?"

„Kürbissuppe, stand doch auf der Speisekarte."

„Kann sein. Ich könnte doch eben mal unter Kürbissuppe nachgucken."

„Du versaust gerade die Tischdecke."

Die herabgefallenen Tropfen verliefen neben seinem Teller.

„Nicht so schlimm, die decken sowieso jedes Mal neu."

„Und, hast du jetzt eine Idee?"

„Idee wozu?"

„Warum wir hier sind. Mensch, leg doch das Ding weg und denk mal nach!"

„Keine Gehaltserhöhung, schwanger bist du nicht, was denn dann? Du hast uns einen Urlaub gebucht?"

„Was ist denn heute für ein Tag?"

„Freitag. Das Datum hab ich nicht im Kopf, da muss ich jedes Mal nachgucken."

Wie es schien, merkte er nicht, als der Kellner das Suppenschälchen wegnahm und eine weiße Stoffserviette über die auffälligen Flecke breitete.

„Erstaunlich. Mein Gewicht bleibt gleich, dabei ess ich zu viel und mach zu wenig Sport. Und weißt du was? Heute Nacht hätte ich schlecht geschlafen, sagt sie, und ich hab nicht mal was davon gemerkt."

Er guckte Zilia an.

„Hörst du mir überhaupt zu? Der Puls war bei fünfzig, und sieben Atemaussetzer hätte ich gehabt. Der Sauerstoff ist normal, aber bisschen niedrig. Soll ich vielleicht mal zum Arzt?"

„Weißt du eigentlich noch, worum's vorhin ging?"

„Entschuldigung, nee, ich war mit den Gedanken woanders."

„Ja, bei deiner scheiß Uhr."

„Das ist keine scheiß Uhr. Nur weil du keine Ahnung hast und kein Interesse für so was, sagst du scheiß Uhr. Also, worum ging es?"

Sie zwang sich zur Ruhe, aber es war, als bräche gleich ein Vulkan auf, dieses Grollen im Vorfeld.

„Ich hatte gesagt, du sollst mal drüber nachdenken, was heute für ein Tag ist."

„Keine Ahnung." Er hob die Schultern.

„Irgendwas Besonderes? Was zu feiern?"

„Allerdings! Es gäbe was zu feiern."

„Und was, wenn ich fragen darf?"

Jetzt war er genervt.

„Wieso spannst du mich auf die Folter mit deinem Gefrage? Sag einfach, was los ist, und dann gut."

„Warum bist du gereizt, Olaf? Hast du einen Grund? Vor vier Jahren haben wir hier schon mal gesessen, genau an diesem Tisch. Weißt du's jetzt?"

Sie sah die Frage in seinem Gesicht.

„Nee, weißt du nicht. Genau heute vor vier Jahren haben wir uns kennengelernt und du hast mich hierher eingeladen, dämmerst's? Wir haben unseren vierten Jahrestag. Das ist doch was zum Feiern."

„Sorry, hab ich ganz vergessen. Aber du weißt ja, wie schlecht ich in Zahlen bin und Daten und Geburtstagen. Auch den von meiner Mutter vergess ich regelmäßig, gerade mal, dass ich mir meinen Merken kann."

„Ja, meinen hast du auch vergessen. Nachdem ich dir's gesagt hab, bist du zum Aldi gefahren und bist mit einer Schachtel Merci zurückgekommen. Da kann ich mich gut dran erinnern."

„Kommt nicht wieder vor."

„17. 7. 17, so ein Datum kann man sich schon merken. Heute vor vier Jahren, genau am 17.7.17, haben wir genau an diesem Tisch gesessen. Und diesmal wollte ich dich einladen."

Er deutete auf seine intelligente Armbanduhr und tippte einige Male.

„So, alles gespeichert. Weißt du noch, wann wir das letzte Mal Sex hatten?"

„Sag bloß, das weiß deine Uhr auch?"

„Die weiß alles. Guck, vor einer Woche."

Beim Aufstehen nahm sie Jacke und Handtasche. Schon hatte sie die Hand am Weinglas. Wie gern hätte sie ihm den Rotwein über den Kopf gegossen, aber vermutlich hätte sie dann nicht mehr herkommen dürfen.

„Von mir aus kannst du jetzt jede Minute auf deine Uhr gucken. Sex mit Zilia wirst du nicht mehr finden. Und bestimmt merkt sie sich auch, dass wir uns heute das letzte Mal gesehen haben. Weißt du, Olaf, was man mit Dummheit erklären kann, das muss man nicht der Böswilligkeit zuschreiben. Zum Glück ist wenigstens deine Uhr intelligent."

Sie schob in aller Ruhe ihren Stuhl zurück an den Tisch.

„Der Herr zahlt."

Der Leuchtturm

Hier hießen die Menschen Asbjörg, Gunfor, Hallveig.

Kapitänin Inga hatte Fia Trautmann auf die winzige Insel gebracht. Das kleine Holzboot fasste Vorräte für eine Woche, genügend Wasser, mehrere Kanister Benzin für den Stromerzeuger und was sie sonst noch zum Leben in einem Leuchtturm brauchte, Petroleum für die Lampe. Allein mit den Vögeln und ein paar Ratten würde sie die Insel bewohnen, eine der unzähligen Schären vor der Nordküste. Nicht einmal einen Namen hatte sie, auf den Seekarten fand man sie nur aufgrund der Koordinaten. Innerhalb einer Stunde würde sie die Insel umrunden können oder sie in der gleichen Zeit drei Mal durchqueren. Inga hatte versprochen, jede Woche nach ihr zu sehen, die Vorräte aufzustocken, Wäsche zu tauschen. Beim Kaffee würden sie ein paar Worte wechseln.

„Mich erreichst du Tag und Nacht. Aber nur, wenn dein Telefon geladen ist." „Okay."

„Bei gutem Wetter bin ich in einer Stunde bei dir."

Inga wurde ernst.

„Nimm es nicht auf die leichte Schulter. Ein Notfall kündigt sich nicht an, er kommt, und dann bist du verloren ohne Telefon."

Fia versprach es.

„Und, Fia, bitte, schwimm nicht draußen im Meer. Die See ist launenhaft, die Wellen werfen dich gegen die Felsen, es gibt Strömungen. Du spürst nicht ein-mal, wenn sie dich hinausziehen, erst wenn es zu spät ist, und dann bist du weg, keiner findet dich zwischen den Inseln oder im offenen Meer."

„Ich bin Rettungsschwimmerin."

„Das haben Manche gesagt, die man nicht mehr gefunden hat."

Sonst gab es wenig zu erklären. Mit seinen bald dreißig Metern musste der Turm weit zu sehen sein, aus der Ferne hätte er ein Fliegenpilz sein können, mit der roten Kappe auf dem weißen Stiel. Das Leuchtfeuer wies schon lange keinem Schiff mehr den Weg. Einige Treppen hoch war die Wohnung des Turm-wärters, zwei Kämmerchen, von dort Holzstiegen in den Arbeitsbereich und weiter hoch in die Maschinenkammer. Im Leuchtfeuerraum unter der Turm-spitze hatten sich einst die starken Lichter gedreht. Zum letzten Mal war ein Turmwärter vor drei Jahrzehnten herabgestiegen. Seither war alles so geblieben. Selten kamen Schulklassen zur Besichtigung. Dann wurden der Staub weg-gefegt, Spinnweben und tote Mäuse beseitigt. Die gigantischen Hohlspiegel waren blind und die riesigen Linsen trüb unter einer dicken Schicht Staub, das Räderwerk der Drehmaschine festgerostet.

„Hast du noch Fragen, sonst fahre ich?"

Inga stieg die letzten Stufen hinab, ging die wenigen Schritte zu ihrem Boot. Am Heck schäumte das Wasser hoch. Wind und die brechenden Wellen verschluckten das

Brummen des Motors. Sie wandte sich zurück, winkte, schien etwas zu rufen. Schon war sie hinter dem Felsen verschwunden. Wo eben noch das Boot gewesen war, verlor sich die weiße Spur aufgewirbelten Wassers rasch in der unruhigen See. Fia war allein. Seit Monaten hatte sie auf diesen Moment hingelebt, Pläne gemacht, bange Gefühle mischten sich mit Vorfreude. Fia war nie allein gewesen. Ja, für einen Tag oder ein Wochenende, aber selbst da gab es immer jemanden, mit dem sie sprechen konnte. Hier hätte sie nur sich selbst zum Reden. Sie könnte den Tieren Vorträge halten, aber sie würden nicht antworten. Ob sie die Einsamkeit ertrüge, über Wochen, Monate sogar, ob Langeweile sie womöglich verrückt machte? Oder würde sie Inga in wenigen Tagen schon bitten, sie abzuholen?

Sie rührte sich nicht vom Fleck. Noch könnte sie Inga anrufen. Im Nu wäre sie wieder zur Stelle und könnte Fia mitnehmen. Fia könnte sagen, es sei eine spleenige Idee gewesen, der Mut hätte sie verlassen, und sie wolle zurück. Zu-rück zu ihrer Familie.

So kannte sich Fia nicht. Nie war sie verzagt, selten ängstlich. Hatte sie eine Entscheidung getroffen, blieb sie dabei. Sie blieb dabei.

An den harten Stuhl würde sie sich gewöhnen. Hier an dem Holztisch würde sie sitzen und auf das Meer hinausblicken, so, wie die Turmwärter dereinst, Stunde um Stunde die Schiffe beobachten. Ob sie Langeweile kannten? Womöglich verschliefen sie die meisten Stunden, verbrachten bei Kälte den Tag im Bett.

Hängepfeife im Mund, hochgeknöpfte Filzjacke, dichtes Cape, Schal und Lotsenkappe, so sahen sie wohl früher aus. Wie der auf dem vergilbten Foto neben dem Fenster. Sie setzte sich auf das Bett. Es knackte. Draußen pfiff der Wind. Inga hatte Decken mitgebracht, Kopfkissen, Bettwäsche.

Das Telefon, die einzige Verbindung zur Welt. Spielte an der Tastatur, nur so berührte ganz leicht die bekannten Zahlen. Sie könnte sie eintippen, hallo, ich bin's, ich komm zurück, in drei Tagen bin ich bei euch. Samuel, Lea, Asta.

Der Abschied war Kampf gewesen. Mehr als einmal war sie bereit aufzugeben. „Wann kommst du wieder?" „Du kommst doch wieder?" „Bitte, komm doch zurück!" „Lass uns nicht allein!" „Mama, du kannst doch deine Kinder nicht im Stich lassen!"

Fia hatte sie im Stich gelassen, es hatte ihr Herz zerrissen. Das Warten auf den Zug eine unbeschreibliche Qual. Noch am Gleis hatte sie kehrtgemacht, war auf das einzige Taxi zugegangen, hatte die Tür geöffnet, die Adresse genannt. Zu-rück nach Hause! „Tut mir leid, warte auf Fahrgast." Der dunkle Mann hatte bedauernd die Hände gehoben, im gleichen Moment hörte sie ihren Zug einfahren.

Was sie wohl machten? Asta war vor ein paar Tagen zehn geworden. Der erste Geburtstag ohne die Mama. Lea wird nächsten Monat dreizehn.

Samuel Trautmann-Schütz und Fia Trautmann. Fia stützte das Kinn auf die Hände, starrte auf die Wellen, so geriet sie in einen Zustand zwischen Wachen und Traum, ein hellsichtiges Gefühl von Schwere.

Samuel Trautmann-Schütz und Fia Trautmann, Sozietät für Strafrecht und Vertragsrecht, so stand es auf dem Schild. Ein Freund hatte das Foto gemacht, Samuel und Fia vor dem Eingang zu ihrer neuen Kanzlei. Zusammen hielten sie das Schild in die Kamera, jeder an einer Seite. „Lacht mal! Cheese!" Fia hatte die Löcher gebohrt und Samuel hatte es festgeschraubt. Zehn Jahre zwischen da-mals und jetzt.

Verstohlen wischte sie Tränen weg, als könnte jemand sie sehen, schnäuzte sich, sprach ein paar Worte in den Raum, ihre Stimme war klar und fest, wie man sie kannte. Dann tippte sie die Ziffern ein.

Ja, es geht mir gut, bin angekommen, endlich, nein, ich gebe nicht preis, wo ich bin, die Aussicht ist atemberaubend, Panoramablick. Niemand sonst außer mir auf der Insel, mutterseelenallein mit zwei Ratten. Ihr braucht nicht zu suchen, ihr findet mich nicht. Nein, wozu denn Angst und vor wem? Piraten sind doch ausgestorben. Wie ist es zu Hause, die neue Klasse, das Reiten, der Arbeitskreis Bootsbau, was machen die Hasen? Habt ihr ausreichend zu essen? Läuft die Kanzlei ohne

mich? Ich hab euch lieb, vermisse euch schon.
Erneut wischte sie Tränen weg. Bis dann, mal
sehen, nächste Woche wieder, vielleicht.

Der Stromgenerator sorgte für Licht, dann lief
auch das alte Kurzwellenradio. Die Sender
rauschten und knackten, schwanden, kamen
wieder, eine Sprache, die sie nicht verstand.
Finnisch, russisch, lettisch, es hätte alles sein
können. Und Morse. Wie spät mag es sein?
Sie würde ihr Leben nach dem Sonnenstand
richten, andere konnten es auch. Schien keine
Sonne, guckte sie auf das Telefon, da stand die
Uhrzeit. Zu Hause verließ sie um fünf Uhr das
Bett, machte Kaffee für sie beide, schlüpfte
zurück in die Wärme zu Samuel, einige
Minuten noch Rücken an Bauch, dann standen
sie auf und ihr Tag begann, jeder Tag gleich.

Mit der Morgendämmerung stand sie auf,
zündete das Gas an, setzte Wasser auf, und
wenn sie zurückkam von den ersten Schritten,
war es warm. Später würde sie erneut gehen,
ein drittes, ein viertes Mal, vielleicht mehr.
Möwen zupften einander am Gefieder und
hielten inne, wenn sie sich näherte. War sie
vorüber, fuhren sie fort mit der Pflege. Ihr
war, als küssten sie sich, wenn sie Schnäbel

rieben. Kam Fia zu dicht, flogen sie auf.
Obgleich Fia zu ihnen sprach, gewann sie
nicht ihr Vertrauen. Fünfzehn Meter, schätzte
sie, bevor sie schrei-end flohen. Von der
Klippe, dem Territorium des
Papageientauchers, leuchtete rot sein Schnabel
herüber. Erst watschelten die Lummen vor ihr
davon, dann flogen auch sie weg. Fia zählte
die Schritte. Etwas mehr als zehntausend rund
um die Insel, ein Drittel davon, wenn sie sie
überquerte. Auf der anderen Seite in einer
Bucht war das Revier der neugierigen
Tauchvögel.

Ein paar Löffel trockene Haferflocken, eine
Tasse Kaffee, mehr benötigte Fia am Morgen
nicht. Damit saß sie selbstvergessen am
Tisch, sah die Möwen sich ins Meer stürzen.
Gelegentlich sprang ein Fisch heraus, und von
Zeit zu Zeit zog weit entfernt ein Schiff
vorüber. Sie sah dem kräuselnden Rauch ihrer
Zigarette nach, wie er aufstieg, dünner wurde,
dann war er weg. Wenn ihre Familie sie so
sähe. Rauch nicht, hatten sie geschimpft.
Mama, du sollst nicht rauchen. Die eine am
Tag, gönnt mir doch das Vergnügen. Nur die
eine. Seht doch, wenn ich draußen auf der

Bank rauche, raucht der Wind das Meiste. Diese eine, nach dem schmalen Frühstück, die behielt sie bei. Inga würde neue bringen. Ob die Entscheidung richtig war? Nicht zweifeln! Samuel hatte gebeten, gebettelt, geweint, gebrüllt, hatte sich auf die Knie geworfen, lächerlich, zuletzt gedroht, die Töchter hatten geschrien, „ich hasse dich", hatte Asta gebrüllt und die Mama umklammert.

Unbemerkt hatte sie die Vorbereitungen getroffen, wochenlang ihr Zimmer kaum noch verlassen. Warum schließt du dich ein, Mama? Kümmert ihr euch ums Essen. Du bist so verändert, Fia. Mama, räumst du unser Zimmer nicht mehr auf? Kann es sein, dass du nachlässig geworden bist? Die Post bleibt liegen. Deine Klienten fragen mich nach dir.

Wohin? Anfangs wusste sie es nicht. Den ganzen Winter über hatte sie gesucht, und wie der Frühling kam, reifte der Plan. Sie musste es einfach tun, musste alles hinter sich lassen, Familie, Beruf, Sport, alles, das Buch ihres ersten Lebens schließen und ein Neues öffnen.

Immer wieder hatte sie den Tag hinausgeschoben, an dem sie es ihnen sagen wollte. Eines Abends hatte sie ihren Entschluss mitgeteilt. „Seltsamer Spaß." Samuel und die Töchter hatten es für einen schrägen Witz gehalten. „Mama ist durchgeknallt." Aber gelacht hatte niemand. Sie hatte ihre Entscheidung wiederholt, nachdrücklicher diesmal und mit vollem Ernst. Vielleicht war sie krank; sie war die letzten Monate so seltsam. Doch dann setzte der Tumult ein. Mit dieser Heftigkeit hatte sie nicht gerechnet. Auch wenn sie sich seit Monaten auf diesen Moment vorbereitet hatte. Sie hatte die Situation im Geist durchgespielt, immer wieder und immer wieder anders, hatte die richtigen Worte gesucht und erkennen müssen, es gab keine richtigen Worte. Ich werde euch verlassen. Es gab nichts zu erklären, nichts zu mildern, keine Worte des Trostes. Ich werde euch verlassen. Für immer. Wie würde Lea reagieren, die Schwermütige, wie Asta, würde sie toben? Samuel war ihr einerlei, er musste es eben aushalten.

Fia war hoch geachtete Strafverteidigerin. Mit ihr zu tun zu haben bedeutete Arbeit für den Gegner. Sorgfältig bereitete sie sich auf Verhandlungen vor, spielte sie im Geist durch.

Auf alle Ankläger wusste sie sich einzustellen, kannte deren Launen, wie sie ihre Plädoyers hielten, ob die Schärfe der Worte mehr war als Theaterdonner. Oft brachte sie die Anklage zu Fall. Ihr scharfer Verstand war ebenso gefürchtet wie ihre Sprachgewalt. Jede Lücke nutzte sie. Die Staats-anwälte genossen das intellektuelle Gefecht mit der klugen Verteidigerin. Fia Trautmann wog jede Entscheidung, jedes Wort, genau ab. Nie tat sie etwas aus dem Bauch heraus, und mit Argwohn begegnete sie Menschen, die auf ihren Instinkt vertrauten. Selten gab sie Gefühle preis. Tobte in ihrem Gemüt ein Gewitter, nahmen es Andere kaum wahr.

Aus den Eiern um Fuß des Leuchtturms waren Küken geschlüpft. Flaumige Junge rannten den Eltern hinterdrein, mit aufgerissenem Schlund schreiend um Fisch bettelnd. Die meisten Vögel kannte Fia nicht. Also erfand sie selbst Namen, nannte sie Schwarzbreitschnabel, Zebraente, Stricknadelfuß.

Sie gab acht, nicht auf die Gelege zu treten. Nach einer Weile kannte sie alle Nester. Es war ein warmer Sommer, selbst für diese Region. In einer Senke wärmte die Sonne Regenwasser. Darin lag sie oft und lauschte mit geschlossenen Augen. Mitunter verdunkelte ein Wölkchen die Sonne, sie sah es durch die Lider. Einmal in der Woche rief Inga sie an, einmal in der Woche kam sie mit dem Boot vorbei. Einmal in der Woche sprach Fia mit ihrer Familie. Oft schwamm sie in einem ruhigen Tümpel zwischen den Klippen. Herüberspritzende Gischt schäumte sie ein. Fia mied das offene Wasser, und war die Versuchung noch so groß. Als Sportlerin schlug sie keine Herausforderung aus. Hier war sie nicht die Athletin, vermisste nicht das Motorradfahren im Gelände, Se-gelfliegen, Triathlon, Fallschirmspringen. Sie drehte ihre Runden über die kleine Insel und war bei aller Beengtheit frei.

„Zu deinem Geburtstag machst du den Abschluss. Das ist mein Geschenk für dich."

Zwei Jahre war es her, sie war fünfunddreißig geworden. Samuel hatte alles perfekt organisiert. An ihrem Geburtstag könnte sie die Prüfung ablegen, endlich wäre das ersehnte Ziel erreicht. Gäste sollten dabei sein. Viele sollten mit ihr den Tag des Triumphes feiern. Die theoretische Prüfung war längst vorüber, sie hatte die Prüfer mit ihrem Wissen beeindruckt. Wie man den Fallschirm pflegt, ihn packt, Seiltechnik, Meteorologie, Navigation, alles beherrschte sie mustergültig.

Alle würden sie springen sehen. Zweimal, den zweiten aus zwei Kilometern hoch. Familie, Freunde, der ganze Club, alle waren sie da. Kameras standen bereit, damit sie sich zu Hause sehen könnte, so oft sie wollte. In der Fliegerklause wäre das anschließende Fest.

Die Bedingungen konnten nicht besser sein, traumhaftes Wetter, kaum Wind. Alle folgten der Cessna mit den Augen, wie sie hochstrebte, eine Runde flog, kleiner und kleiner. Dann löste sich die Person vom Flugzeug. Ihre Helmkamera nahm alles auf,

den Absprung über der besonnten Landschaft,
den freien Fall, das Öffnen des Schirms,
Sinkflug, ununterbrochen. Mit der Bö war
nicht zu rechnen. Fast wäre der Schirm
zusammengeklappt. Die Landschaft glitt unter
ihr, langsam, der Schreck war vorüber, dann
schneller, und schneller, dann rasend, der
Flugplatz lag bereits in der Ferne, der Wind
trieb sie in die Richtung des Wäldchens. Noch
war es entfernt, kam näher und näher, starr
war sie vor Schreck. Wie oft schon hatte sie
den Film angesehen. Dann brachen die ersten
Zweige, peitschten den Helm, schlugen auf
Arme, Beine, Körper. Bisweilen stellte sie den
Ton ab, das Krachen war nicht zu ertragen.
Dann kam der Ast auf sie zu, immer näher,
brach – oder waren es ihre Rippen, das
Brustbein? Da war ihr Schrei. In diesem
Augenblick hatte sie das Bewusstsein
verloren. Doch die Kamera lief weiter,
schonungslos hatte sie Bilder gemacht. Jeder,
der den Film sah, spürte förmlich, wie der
gesplitterte Ast in sie drang, sie aufspießte wie
ein Stück Fleisch für den Grill, und weiter in
ihren Brustkorb drang, immer weiter, am
Herzen vorbei, durch die Lunge, und kurz vor

dem Rückenmark steckenblieb. Glück gehabt, sagten die Ärzte später. Der Film endete mit dem Aufschlag ihres Kopfes gegen den Stamm. So oft sie den Film sah, sah sie ihr eigenes Sterben. Man hielt sie am Leben, keiner hatte daran geglaubt. Und dass sie die Blutung im Hirn überlebte, schon gar nicht. Die Intensivstation würde sie nicht lebend verlassen. Nach Wochen war sie erwacht. Langsam, sehr langsam war sie ins Leben zurückgekehrt.

Aus dem Gerichtssaal kannte sie das Stimmengewirr, das erst verstummte, wenn die Richter eintraten. Hier auf der Intensivstation waren keine Zuschauer, nur Pfleger und Ärzte, sonst niemand. Sie redeten durcheinander, fielen sich ins Wort und es war, als hörten sie einander nicht zu.

„Was ist das für ein Lärm hier? Es ist kaum auszuhalten."

„Meinen Sie die Geräte?"

„Nein, die Leute, wie sie reden."

„Finden Sie, es ist laut? Es spricht doch kaum jemand. Hier ist es immer so.", hatte die Schwester geantwortet.

„Meistens fühlen sich die Patienten durch die Maschinen gestört, durch das Piepsen."

„Ich hab doch gesagt, die Maschinen stören mich nicht, aber die vielen Stimmen."

„Sie sind noch etwas überreizt. Sie waren fünf Wochen im Koma. Geduld, das legt sich."

Herrschte in jedem Krankenhaus so ein flegelhafter Ton? Wenn sich zwei begegneten, hörte sie „Hallo", „Morgen", „Mahlzeit", Warum sagten so viele „Arschloch" zueinander? „Heute siehst du wieder bescheuert aus." „Blöde Sau." „Geile Titten." War das gestattet? Warum schritt niemand dagegen ein? Zwei Ärzte kamen an ihr Bett.

„Wie geht's?"

„Schmerzen", sie zeigte auf den Kopf, den Brustkorb. Der eine sagte mitfühlend:

„Das glaub ich gerne, nach dem was Sie hinter sich haben, solche Schmerzen hätte ich auch in ihrer Lage. Wir machen was dagegen." Und während er das sagte, fiel ihm der andere ins Wort:

„Stell dich nicht so an, blöde Tussi. Typisch Anwältin." Fia hatte es deutlich gehört.

„Diese Unverschämtheit hat Folgen. Schicken Sie mir Ihren Chef!"

„Ich bin der Chef."

„Was berechtigt Sie, in diesem Ton mit mir zu reden?"

„Bitte, was meinen Sie, Frau Trautmann? Ich habe überhaupt nichts gesagt, mein Kollege hat mit Ihnen geredet und, das möchte ich ausdrücklich betonen, in einer sehr freundlichen Art."

„Sie haben gesagt, ich soll mich nicht so anstellen, blöde Tussi haben

Sie mich genannt und mich geduzt."

Die beiden Männer blickten sich an, der eine verdrehte die Augen.

„Psychose", sagte er leise. Dann verließen die Beiden die Station, und sie hörte im Hinausgehen sagen:

„Die Alte spinnt", und: „Ich muss dermaßen pissen." Das würde ein Nachspiel haben. Verwaltungsleitung, Ärztekammer, alle würde sie informieren. Ein Freund von ihr war bei der Zeitung. Der Pfarrer kam vorbei, er besuchte alle Patienten, wechselte ein paar freundliche Worte, stand dann noch eine Weile mit gefalteten Händen neben dem Bett. Plötzlich hörte Fia ihn zählen „eins, zwei, drei", bis zwanzig, dann verabschiedete er sich. War sie vielleicht doch verrückt?

„Ich bin die Marina, Physio, wir werden ab heute miteinander üben." Marina war munter und gut gelaunt.

„Ich muss Theo noch anrufen."

„Wer ist Theo?" fragte Fia.

„Theo ist mein Freund, warum fragen Sie?"

„Sie haben gerade gesagt, Sie müssten Theo anrufen."

„Neee, hab ich nicht."

Fia war nicht verrückt. Sie hatte eine Gehirnerschütterung erlitten und eine Blutung im Kopf, und die Erinnerung hatte noch

Lücken. Aber denken konnte sie wie früher.
Seit sie aus dem Koma zurück war, konnte sie
fremde Gedanken hören. Das war es. Bis sie
das begriffen hatte! Sie hatte nie gehört, dass
es so etwas gab. Unfassbar. Keiner sonst auf
der Welt hatte diese Fähigkeit. Sie würde
berühmt. Fernsehsender würden sich um sie
reißen, sie würde Interviews geben,
Zeitschriften würden berichten. Universitäten
würden an ihr forschen, sie könnte wählen
zwischen Harvard und Boston. Aber dazu
müsste sie ihr Geheimnis preisgeben. Nein,
das würde sie nicht. Die Leute würden sie
meiden, wenn bekannt würde, dass sie
Gedanken hören könnte. Es hieß, manche
Menschen könnten Gedanken lesen. Wie
kümmerlich gegen ihre Fähigkeit! Sie konnte
hören, was die Menschen dachten. Sie würde
sofort wissen, wer sie mochte und wer nur so
tat. Kein Staatsanwalt könnte sich mehr
verstellen, Zeugen würde sie entlarven, und ob
jemand log, wüsste sie sofort. Ihre Töchter
könnten sich verstellen. Deine Reue ist
geheuchelt, meine Liebe. Ab jetzt würde sich
ihr Leben von Grund auf ändern. Das Ausmaß
konnte sie sich nicht vorstellen, aber es könnte

wundervoll sein. Samuel müsste damit rechnen, dass sie seine Erklärungen als Ausflüchte entlarvte. Bei all dem müsste sie auf der Hut sein, sich nicht zu verraten. Fia freute sich auf das neue Leben.

Die Bettnachbarin im Krankenhaus las. Fia hatte von dem Buch gehört. Genau wie Fia sprach die Frau den Text innerlich mit. Bedauerlich, dass sie das Buch oft beiseitelegte, Fia hätte gern weiter zugehört. Aber sie las nicht schön, sprach die Namen falsch aus, schweifte ab und dachte immer wieder an Anderes. So ging es mit dem Buch schleppend voran. Bald war sie bei ihrer bevorstehenden Entlassung, was sie alles zu Hause erwarten würde, dann bei der Silbernen Hochzeit drei Monate später.

„Höismans spricht sich das aus, Höismans, und nicht Hussmanns." Fia hatte es nicht gewollt, es war unwillkürlich aus ihr herausgeplatzt. Jetzt musste sie eine Erklärung finden.

„Haben Sie was zu mir gesagt?" Die Bettnachbarin blickte herüber.

„Ich sehe, dass Sie gerade von Houellebecq die Unterwerfung lesen."

„Ja, warum?"

„Huysmans ist Franzose, der Name ist holländisch. Die meisten Leute sprechen den Namen falsch aus. Höismans spricht man das."

„Ja, und wieso sagen Sie mir das?"

„Nur so."

„Die Frau hat sie doch nicht alle!"

Es würde nicht einfach werden mit dem Gedankenhören. Vielleicht könnte sie mit der Zeit lernen, das nach Belieben an- und auszuschalten. Sonst wäre es wie bei König Midas, dem alles zu Gold wurde, was er berührte. Anfangs war er glücklich darüber, und bald wurde es ihm zum Verhängnis. Sie konnte nicht weghören. Hielt sie die Ohren zu, hörte sie das Gedachte nur noch deutlicher. Die Leute sagten „Sie" zu ihr und dachten „Du". Sie sagten „aber ich bitte Sie" und dachten „du blöde Kuh."

Ob sie sich daran jemals gewöhnen könnte?

„Was möchten Sie essen, Frau Trautmann?"
hatte im Krankenhaus die Lern-schwester
gefragt.

„Hoffentlich nicht wieder diesen vegetarischen
Sonderfraß", hörte Fia sie denken.

„Ich hätte gern wieder diesen vegetarischen
Sonderfraß." Die Röte schoss der Anderen ins
Gesicht.

Beim Telefonieren war das nicht,
augenscheinlich spielte die Entfernung eine
Rolle.

„Warum schreist du eigentlich neuerdings
immer aus der Küche? Komm her zu uns,
wenn du mit uns reden willst."

Fia hielt sich oft in der Küche auf, auch wenn
sie dort nichts zu tun hatte. Samuel und den
Töchtern war die neue Eigenheit nicht
entgangen. Sie schrieben sie der
Hirnverletzung zu, die, so war anzunehmen,
doch ernster war als die Ärzte zugaben.
Außerdem schien sie hellsehen zu können.

„Du schläfst heute nicht bei deiner Freundin,
Asta."

„Davon war doch gar nicht die Rede, Mama."

„Streite es nicht ab, ich weiß Bescheid."

„Wir brauchen noch kein neues Auto." Samuel blickte erstaunt von seinem Heft hoch.

„Davon ist keine Rede."

War sie selbst genauso falsch wie die Anderen? Fia arbeitete an sich. Es war unerwartet schwer, aufrichtig zu sein, nur das zu sagen, was sie meinte.

„Warum telefonierst du jetzt im Haus von einem Raum zum anderen? Hat der Unfall dich so träge gemacht, dass du nicht die zehn Meter gehen kannst?"

Fia würde ihr Geheimnis nicht preisgeben. Sollten alle sie für wunderlich halten!

„Mama, du bist komisch geworden."

Fia ging nicht mehr aus, traf sich mit niemandem, mied ihre Freundinnen. Nicht immer konnte sie Gesprochenes und Gedachtes sogleich auseinanderhalten, Gespräche kosteten sie beträchtlich Energie.

Dass Verbrecher verlogen waren, hatte sie gewusst, aber mit der Unverfrorenheit, die ihr jetzt offenbar wurde, nie gerechnet. Mit treuherziger Miene tischten sie die fantasievollsten Geschichten auf. „Ich schwöre, Frau Anwältin, dass ich die Kleine nie angerührt habe", und zugleich hörte sie ihn denken, wie geil das doch war.

Einst sprühend und lebenslustig, war aus ihr eine kontaktscheue, wortkarge, in sich gekehrte Frau geworden.

„Iris", hörte sie eines Nachts, „Iris."

„Wer ist Iris?" fragte sie Samuel beim Frühstück.

„Kenn ich nicht, wie kommst du auf Iris?"

„Du hast im Schlaf gesprochen."

„Kann nicht sein, du bist überreizt."

Sie hatte sich nicht verhört. Auch tagsüber hörte sie ihn Iris denken.

Als sie beim Sex wieder „Iris" hörte, stieß sie ihn von sich.

„Rühr mich nicht mehr an!"

Samuel wurde ihr fremd. Wer Iris war, interessierte sie nicht mehr.

Wo fand sie einen Spezialisten für Gedankenhören? Alle Versuche endeten mit einem Rezept über ein Medikament für die Psyche. Vorausgegangen waren immer die gleichen Fragen und Tests. Wenn sie Stimmen höre, könnte das auf eine bestimmte Erkrankung hindeuten. Nein, sie hörte keine Stimmen, sie hörte, was andere Menschen dachten, aber das verstand keiner. Einer sagte gut gelaunt:

„Das ist doch großartig. Gehen Sie ein Auto kaufen und hören Sie, über wieviel Rabatt der Verkäufer nachdenkt."

Auch er hatte sie nicht ernst genommen, aber die Idee war gut.

So kam sie, weit unter dem geforderten Preis, zu einem neuen Auto.

Fia hielt es nicht mehr aus unter Menschen, sie musste weg, dorthin, wo niemand war. Wo es keinen gab, der sie mit seinen Gedanken quälte. Sprechen nur übers Telefon. Die

Leuchtturminsel weit draußen im Ozean, lange hatte sie nach so etwas gesucht.

Unter dem Angriff des heftigen Windes knackte das alte Holz des Turms. Die Möwen spielten, ließen sich treiben, fingen den Sturz dicht über den Wellen ab, und der Wind riss sie empor. Die Jungvögel waren längst fort und spielten ihr eigenes Spiel. Der Wind kämmte das Gras.

War es eine Woche her, länger? Ich sollte wieder zu Hause anrufen. Zu Hause. Wie seltsam das klang. Es verlief immer gleich. Wie ist es in der Schule, was macht das Reiten, was…?

„Mama, du fragst immer dasselbe, hier ändert sich nichts. Und bei dir?"

„Auch immer dasselbe. Ein Tag wie der andere."

„Ich geh jetzt tanzen, Mama."

„Du gehst tanzen, jetzt schon? Klar, du bist ja schon lange dreizehn. Bis zum nächsten Mal. Grüß Papa. Ciao, ich vermisse euch."

Sie war erschrocken, als sie sich „ich vermisse euch" sagen hörte, wie wenig das noch zutraf.

Inga war schon lange nicht mehr gekommen. Was mit ihr wohl war? Ans Telefon ging sie nicht, da antwortete eine andere Stimme. Sie hatte von einer Operation geredet. An ihrer Stelle werde Gunnar kommen, ein herzensguter Mann und hilfsbereit, auf ihn könne sie sich verlassen.

„Alles bleibt so, wie du es gewohnt bist. Danach bin ich wieder da. Keine Angst, wenn er das erste Mal kommt. Wenn du im Boot einen Mann mit einem struppigen knallroten Bart siehst und einer halben Glatze, das ist Gunnar. Sieht ein bisschen wild aus, Wikinger eben."

„Ich muss mich nicht fürchten?"

„Du dich fürchten? Aber nein, ist ganz lieb. Er hört nichts, kann auch nicht sprechen, aber er liest dir die Wünsche von den Augen ab."

Gunnar kam unangemeldet, Fia lag in der Warmwassersenke. Er nahm keine Notiz von ihrer Nacktheit, wendete keinen Blick, als er an ihr vorüberging, trug Proviant und Kanister

in den Turm, die Sachen zum Mitnehmen
standen bereit, und rasch verschwand er mit
einem fröhlichen Winken. Inga blieb weg. Der
Kaffee stand schon bereit. Jede Woche zur
gleichen Zeit kam das Boot. Fia lauschte auf
das Brummen, lief Gunnar entgegen, half ihm
beim Tragen, dann deutete er hierhin, dorthin,
machte eine Geste, und Fia verstand. Jedes
Mal blieb er ein bisschen länger. Gunnar
brachte mehr Petroleum und mehr Benzin, es
war kälter geworden und nass, der Wind ließ
nicht mehr nach. Fia würde ausharren.

Meeresbiologen hatten den verlassenen Turm
entdeckt. Hier schien niemand zu wohnen,
Staub und Spinnweben überall und tote
Mäuse. Viel Nahrung war vorhanden, vieles
davon verdorben, an Trinkwasser fehlte es
nicht, Petroleum und Benzin zur Genüge.
Keine Kleidung, ein paar Abfälle.

Auf dem Tisch fand man ihr Buch. Ein Buch
voller Gedanken, die Tage waren ausreichend
lang gewesen, alles hatte sie
niedergeschrieben, den Unfall, das lange
Kranksein, und wie sie anders geworden war,

warum sie die Menschen floh. Sie hatte vom
Wetter geschrieben, den Spaziergängen, den
Tieren, den Wolken, dem Wind, den Wellen.
Und von ihrer Angst. Niemand wusste davon,
hier konnte man von ihr lesen.

Was bedeutete das Buch. War es vergessen,
war es absichtlich dagelassen worden?

Sie hatte niemanden angerufen, keine
Nachricht hinterlassen, keinen Zettel. Nur das
Buch.

Die Polizei hatte zunächst ein Verbrechen
vermutet, dann Selbsttötung, auch einen
Unfall hatten sie nicht ausgeschlossen.
Stürmisches Wetter, hohe See, eine plötzliche
Flutwelle, nicht ungewöhnlich um diese
Jahreszeit. Da holte die See Manchen, spülte
ihn für alle Zeiten fort. Aber dann hätte man
im Turm Kleidung gefunden. Eine Suche war
nicht erst begonnen worden, ohnehin
aussichtslos bei dieser rauen See.

Jahre später ging ein Umschlag in der Kanzlei ein, kein Brief, nur ein Bild, drei Personen darauf, ein Mann mit rotem Bart und kahlem Kopf, ein rothaariger Junge von vielleicht zwei Jahren, beide lachten, und eine glücklich dreinschauende junge Frau. Drei Pfeile mit Filzstift „Fia, Gunnar, Aleksander."

Verständliches Missverständnis

Mein Einkaufswagen war voll. In dem Drogeriemarkt hatten sie zehn Packungen Orangensaft vorrätig. Ich nahm alle, das würde wohl reichen. Und da ich schon mal hier war, kaufte ich den Rest auf meinem Einkaufszettel auch noch. Die meisten meiner Gäste am bevorstehenden Wochenende tranken keinen Alkohol und waren pingelig, wenn der Saft nicht bio und nicht „fair trade" war. In diesem Drogeriemarkt gab es den besten O-Saft, das hatte ich aus einer Zeitschrift, also würde ich damit nichts falsch machen. Die Kasse war fast leer, nur eine Kundin legte gerade ihre Einkäufe auf das Band.

„Entschuldigung, lassen Sie mich vor? Ich hab nur ein Teil, geht ganz schnell. Ich bin in Eile."

Die Frau wartete meine Antwort gar nicht erst ab und drängte an mir vorbei.

„So nicht", wollte ich sagen.

Stattdessen antwortete ich „klar, ich habe Zeit."

Es zog sich ein bisschen hin. Die Kassiererin war aufgestanden, um am Regal nach dem Preis zu sehen, denn darüber war sie mit der Kundin vor uns in Streit geraten. Die Frau, die ich vorgelassen hatte, packte ihren Einkauf auf das Band.

Von wegen, ich hab nur ein Teil. Immer mehr Teile häufte sie auf das Band. Doch wie ich bald sah, waren es alle die gleichen blauen Packungen. Kondome einer Marke, für die sie immer im Fernsehen Reklame machten, daher kannte ich sie. Eine Schachtel enthielt zwanzig Stück, das konnte ich gerade noch lesen. Donnerwetter. Es waren mindesten zwanzig Schachteln, damit würde ich bis an mein Lebensende auskommen.

„Sie haben wohl den Laden leergekauft. Hätten Sie doch eine Familienpackung genommen."

Es würde noch dauern. Zwar war die Kassiererin zurück, aber die unzufriedene Kundin stritt weiter mit ihr. Ich spreche gern Menschen mit einer launigen Bemerkung an. Die Frau, die ich vorgelassen hatte, drehte sich kurz um. Sie schien nicht zu Scherzen aufgelegt zu sein, das drückte ihr Gesicht aus, und so war auch der Klang ihrer Stimme, barsch und kurz angebunden.

„Halten Sie sich bitte raus."

Nun gut. Es ging nicht voran, und so verbrachte ich die Zeit mit dem Betrachten der Frau vor mir. Sie war auffällig geschminkt, das hatte ich in dem kurzen Augenblick wahrnehmen können, als sie sich zu mir umdrehte. Es war eine große Frau, auf jeden Fall deutlich größer als ich, und sie war füllig. Nicht dick, aber so, als wäre an allen Stellen noch eine Schicht drauf. Ihr langes Haar bis zu den Schulterblättern war tiefschwarz. Es musste gefärbt sein, denn in ihrem Alter, ich schätzte sie auf Ende vierzig, erwartete ich mindestens einen Grauschimmer. Wie sie sonst von vorn war, das zu sehen, hatte ich in der Kürze keine Gelegenheit. Sie trug einen grauen Pulli mit Glitzer und einen leuchtend orangefarbenen Rock, viel leuchtender als die Farbe des Aufdrucks auf meinen Packungen Orangensaft. Der Rock endete weit über den Knien. Und darüber wölbte sich ein beeindruckendes Hinterteil. Eine schwarze Strumpfhose bekleidete die Beine, und ihre großen Füße steckten in giftgrünen Schuhen. Ich hätte gern noch einmal ihr Gesicht gesehen, aber sie drehte sich nicht mehr um. Ich konnte mich an die hellrot angestrichenen Lippen erinnern, ebenso üppig wie der Rest der Frau, und an die geschminkten Augen, so dunkel, dass sie wirkten, als säßen sie tiefer in den Höhlen. Der Haufen Pariser auf dem Band und diese Erscheinung, es passte ins Bild. In unserer Kleinstadt kennt jeder jeden und jede. Diese Frau war nicht aus unserer Stadt, ich hatte sie noch nie gesehen, und ich hätte sie bemerkt, so auffällig wie sie war. Sie wird die Dinger beruflich brauchen, dachte ich mir und brannte förmlich darauf, dass sie nach dem Kassenzettel verlangte. Wo mochte sie arbeiten? Mein Weg führte mich häufig durchs Industriegebiet, wo in langer Reihe die Wohnwagen mit den rot blinkenden Herzen stehen. War sie vielleicht eine von denen? Gab sie lieber die Domina oder spielte sie die Unterwürfige.

„Karte oder bar?" fragte die Kassiererin.

Sie hatte die Karte bereits auf das Gerät gelegt.

„Ich hätte gern noch den Kassenbon."

Gewonnen, Bingo! Ich triumphierte innerlich.

Draußen am Eingang stand sie mit ihrer Einkaufstüte. Sie schien zu warten. Und wie sie mich ansah, schien sie auf mich zu warten. Von Eile keine Spur.

„Entschuldigung, ich war vorhin unfreundlich zu Ihnen. Das ist nicht meine Art."

Ich suchte nach einer Entgegnung, aber sie sprach schon weiter.

„Sie haben bestimmt gedacht, wofür braucht die so viele Gummis. Wahrscheinlich ist sie eine von denen. Ich weiß, in meinem Aufzug könnte man mich dafür halten."

„Ich hab gar nichts gedacht. Und wofür brauchen Sie so viele? Entschuldigung, blöde

Frage, aber gleich so viele? Die werden doch schlecht."

Mehr fiel mir nicht ein zu sagen.

„Für die Flüchtlinge. Ich arbeite in einem Auffanglager hier in der Gegend. Vielleicht haben Sie von der Einrichtung gehört, oben im Wald. Die meisten kennen es nicht."

Nein, ich kannte es auch nicht. Ich sah bisweilen einen Dunkelhäutigen bei REWE, hatte mir aber weiter keine Gedanken gemacht.

„Haben Sie Lust mitzukommen, ich zeig Ihnen das mal. Eigentlich darf ich das nicht. Aber Ihre Bemerkung vorhin mit der Familienpackung fand ich so witzig. Ich würde Sie mitnehmen. Ich bin die Leiterin, da geht das schon. Es ist nicht weit."

„OK, gern."

„Fahren Sie einfach hinter mir her."

Nach vielleicht zehn Kilometern bog sie mit ihrem Kleinwagen von der Hauptstraße ab und hielt vor einer rot-weißen Schranke, stieg aus und öffnete sie. Wir fuhren durch, wieder hielt sie und schloss die Schranke. Hier war ich noch nie, dabei fahre ich diese Strecke oft. Ich wusste nur, dass sich dahinter ein aufgegebenes Militärgelände befand. Über die künftig mögliche Verwendung war vor Jahren wochenlang in der Zeitung debattiert worden. Dann war das Interesse an dem Thema verebbt. Wir hielten vor der ersten Baracke. Wie viele es waren, habe ich nicht gezählt. Aber ich weiß noch, dass mich das Bild an die alten Filme über die langen Reihen von Baracken in den Konzentrationslagern erinnerte.

„Leitung" stand an der Tür, die sie aufschloss. Das Mobiliar im Inneren war alt und sicherlich im Zuge einer Erneuerung aus Amtsstuben ausgemustert. Sie warf die Tüte mit ihrem Einkauf auf den Schreibtisch.

„Kaffee?"

„Gern."

Sie stellte eine Tasse vor mich hin.

„Wir duzen uns hier alle. Einverstanden, wenn wir das auch tun?"

Ich nickte.

„Warum nicht?"

„Siona."

„Erik."

Wir reichten uns die Hand. Durch das Fenster sah ich dunkelhäutige Kinder über den Hof rennen. Zwei andere stritten sich um ein Fahrrad.

„Die meisten sind aus Eritrea", sagte Siona, „aber wir haben auch ein paar Syrer. Da müssen wir höllisch aufpassen. Es gibt viel Streit. Ich bin schon wer weiß wie oft dazwischen gegangen. Warum ich die Kondome brauche? Wenn der Laden voll ist, haben wir vielleicht zweitausend Leute hier, jetzt sind es weniger. Eigentlich sollen sie ja nach kurzer Zeit verteilt werden. Aber manche habe ich schon seit drei Jahren hier. Du kannst dir nicht vorstellen, wie viele Kinder hier schon zur Welt gekommen sind. Das schafft uns zusätzliche Schwierigkeiten. Von Verhütung verstehen die meisten gar nichts. Die machen es einfach und denken nicht an die Folgen. Es sind nicht nur die Kinder, die dann geboren werden. Viele bringen ja auch Geschlechtskrankheiten mit. Ich hab mal gehört, dass die Hälfte der schwarzafrikanischen Bevölkerung Syphilis hat. Ich weiß nicht, ob das stimmt, wahrscheinlich ist die Zahl nicht so hoch, aber Syphilis ist wirklich ein Problem. Die werden zwar alle untersucht und behandelt, trotzdem taucht immer wieder mal ein Fall auf. Oder Hepatitis, wird ja auch durch Sex übertragen."

Sie sah meinen überraschten Gesichtsausdruck.

„Wusstest du das nicht?"

Ich schüttelte den Kopf.

„Eben, und dafür brauchen wir die Kondome."

„Aber wenn die von Verhütung keine Ahnung haben, können sie doch damit gar nicht umgehen", wandte ich ein.

„Stimmt. Bleib noch eine Weile hier. Ich wette mit dir, nach ein paar Minuten siehst du auf dem Hof ein Kind mit einem Luftballon. Dafür nehmen die die, und die Kinder haben Spaß."

„Habt ihr jemanden, der Ihnen den Umgang damit beibringt?"

„Ja, wir haben eine Sozialarbeiterin für die Frauen und Jochen für die Männer, das ist ein Pfarrer im Ruhestand. Wir sind froh, dass wir den haben, der kann das toll erklären. Der bringt dann immer eine Banane mit und eine Gurke."

Siona grinste vielsagend.

„Ja, und daran zeigt er es ihnen. Der kennt da nix und hat auch keine Scheu. Dann müssen das die Männer nachmachen, das gibt immer viel Gelächter. Ich war noch nie dabei, aber Jochen ist richtig gut, erzählen sie mir. Die Männer wollen nicht, dass eine Frau dabei ist."

„Und bei den Frauen?" fragte ich.

„Wie gesagt, das macht Evelyn. Die ist noch nicht so lange hier und tut sich immer noch ein bisschen schwer damit. Anfangs hätte sie sich fast geweigert. So ein Ding über eine Banane ziehen, aber dann hat sie sich überwunden. Ich war mal dabei. Die Frauen sind erst verschämt, dann gibt es viel Gekicher, und dann machen es doch alle nach."

„Und habt ihr Erfolg?"

„Na ja, es geht so. Es vergeht kaum eine Woche, dass nicht ein Kind geboren wird. Aber wie gesagt, die Kinder freuen sich, wenn sie mal wieder einen Ballon kriegen."

„Und wie macht ihr das mit der Verständigung, Ihr habt doch bestimmt einen Dolmetscher?"

„Von wegen Dolmetscher. Im Fernsehen vielleicht, wenn sie eine Reportage bringen. Mit Händen und Füßen."

Sie lachte.

„Mit Füßen nicht, aber mit Händen. Manchmal spricht einer englisch. Irgendwie klappt es immer."

Es war ein angeregtes Gespräch. Siona war eine launige Erzählerin, wir lachten viel. Zum Abschied umarmten wir uns.

„Überraschung!" rief sie. Zugleich griff sie in ihre langen Haare und hob sie vom Kopf, eine schwarze Perücke. Einen Moment nur, aber lang genug, dass ich ihren kahlen Kopf sehen konnte.

„Ich hatte Krebs, Chemo und so, du weißt schon. Die Haare kommen wieder, aber das dauert. Hinterher seien sie schöner als zuvor, haben sie gesagt. Na, warten wir's ab. Früher war ich so eine graue Maus wie die meisten. Nach der Krankheit hab ich gedacht, jetzt beginnt der zweite Akt. Und damit das jeder sieht und ich mich auch jeden Tag daran erinnere, kleide ich mich schrill und sehe aus, wie ich aussehe. Früher habe ich mich nie geschminkt."

Vor der rot-weißen Schranke machte ich Halt, schloss sie hinter dieser anderen Welt und war zurück in meiner.

Nichts zerbrochen aber kaputt

Es klirrte, jemand schrie, dann fiel etwas zu Boden, Metall schepperte, Glas zersprang. Sein Traum zerriss wie früher der Film im Kino, als sie noch Spulen verwendeten. Er wollte ihn festhalten, weiterschlafen, weiterträumen an dem jähen Riss. Wenn er jetzt schnell einschliefe, könnte er den entschwindenden Traum vielleicht noch einfangen. Das lauter werdende Stimmengewirr vor der Tür hinderte ihn daran. Alles Frauenstimmen. Er konnte sie auseinanderhalten, wusste, welche der Dunkelhäutigen aus Bolivien gehörte oder der Älteren mit dem grauen Zopf. Alle Stimmen kannte er. Er konnte sie auch an ihrem Schritt erkennen, schloss Wetten mit sich selbst ab, welche gleich das Krankenzimmer betreten würde, und verlor nie.

Was konnte er auch anderes tun. Wenn er nicht schlief, hörte er auf die Geräusche. Er hörte dem Wind zu, wenn er säuselte, energisch blies, fauchte oder Regen gegen die Scheiben trieb. Mehrmals am Tag näherte sich der Hubschrauber. Fast meinte er, an der Art, wie sie landeten, die Piloten auseinanderhalten zu können. Er konnte unterscheiden, ob jemand zur Operation gefahren wurde oder in den Keller. Und kam ein neues Bett, raschelte die Folie. Es klang anders, ob sie Medikamente brachten oder Frühstück.

„Ich sehe kaum noch was, aber ich höre das Gras wachsen." Alle wunderten sich über sein scharfes Gehör. Herrschte für andere Totenstille, nahm er noch Geräusche und Töne wahr.

„Nein, ich bilde mir das nicht ein. Nur ihr hört es nicht."

Es brachte ihn zur Verzweiflung, wenn es ihm nicht gelang, die Geige präzise zu stimmen. Die zwei Anderen im Trio neigten zur Eile und trieben ihn an, wenn er nicht fertig wurde damit. Am liebsten würden sie nicht mit ihm spielen, aber sein Name stand auf den Plakaten und er war der Magnet, der die Kassen füllte.

Anfangs hatte er ferngesehen, dann die Krimis gezählt. Sechzig sendeten sie in einer Woche, alle Programme zusammengerechnet. Und zwanzig Talkshows und einen Haufen unsinniges Zeug. Lesen ging schon lange nicht mehr, die Augen waren zu schlecht geworden. Das Krankenhausradio bot nur ein Programm, Schlager und so süßliche Musik, von der ihm übel werden könnte.

Also verbrachte er Tage und Nächte mit dem Lauschen auf das Geschehen außerhalb seines Zimmers.

Bisweilen hörte er an der Art wie sich die Schritte näherten, dass gleich jemand sein Zimmer betreten würde, um irgendwelche Tätigkeiten an ihm zu verrichten. Sie machten sich unten an ihm zu schaffen, hinten, sonstwo, entschlossen, geübt und sicher. Jeder Handgriff saß. Er nahm es teilnahmslos hin, spürte die kleinste Unsicherheit ihres Handelns. Meist blieben sie wortlos dabei. Einzig die jüngste der Krankenschwestern pflegte bei ihren Verrichtungen munter auf ihn hin zu plaudern. Dass sie damit ihre geringere Erfahrung überspielte, gefiel ihm sogar. Er hörte nicht auf das, was sie sagte. Ihm gefiel, wie sie es sagte. Melodisch, jugendlich, ihre Stimme war wie Gesang, das Flöten eines Pirols.

Tuschelten sie vor der Tür, er kannte sie alle.

Er versuchte zu dösen, wenn er nicht schlief. Und gelang ihm das nicht, starrte er auf den braunen Fleck an der Wand gegenüber. Starrte darauf und hielt angestrengt die Augen geöffnet, bis sie brannten, dann tränten und der Fleck verschwamm. Eine braune Verfärbung direkt unter der Decke im sonst makellosen Weiß. Er war nie dort, aber so könnte ein Fjord sein. Vielleicht unterarmlang, unregelmäßig geformt, mit scharfem Rand. Wie der Kaffee seiner Großmutter, wenn sie ihn aufgoss und die hochsteigende Flüssigkeit das weiße Papier färbte. Er hatte die Sekunden gezählt, bis der Rand oben ankam.

Vielleicht war rostiges Wasser aus einer Leitung ausgetreten.

Ein umgekippter Eimer im oberen Stockwerk vielleicht.

Ob den Fleck schon jemand bemerkt hatte, ob er immer schon da war? Wenn er jetzt lange genug seinen Blick auf ihn richtete, vielleicht ginge der Film dann weiter. Es war ein schöner Traum, nur das wusste er noch, aber schon zu weit weg, zu weit, um ihn einzuholen. Das Scheppern und Klirren hatten ihn jäh beendet. Dieses Geräusch war nicht neu, er kannte es. Damals war nichts zerbrochen. Damals, sie war noch nicht lang auf der Welt, anderthalb Jahre vielleicht. Ihre dicke lilafarbene Strickjacke und die braune Wollhose, das Halstuch aus einer ausgedienten Windel, alles wusste er noch, konnte es förmlich noch spüren. Auch, wie sie voll Ernst den winterlichen Garten nach leeren Schneckenhäusern absuchte. Wie er sie dann, froher Vater, aus Lebenslust und Überschwang in die Höhe warf, auffing, wieder und wieder, „Laurentia, liebe Laurentia mein" sang und sie jedes Mal jauchzte. Es war wie das Geräusch vor der Tür, Scheppern und Klirren, als er sie gegen die Lampe warf. Zuviel Begeisterung lag in dem Wurf. Die Lampe war im Weg, jäh hatte sie den Flug gebremst. Das Schmiedeeisen war erzittert und die fünf honigfarbenen Glaskugeln hatten geklirrt. Es war nichts zerbrochen, und doch war etwas kaputt. Er lachte, hörte sich lachen und erschrak, wie falsch es klang. Es klang nach Verzweiflung und mischte sich mit dem Schreien der Kleinen. Das stach ihm ins Herz. Nie würde sie es vergessen, und würden Jahre vergehen. Sein Lachen hatte ihn nicht gerettet.

„Du hast mich absichtlich gegen die Lampe geschmissen", sagte sie später, vorgeblich im Scherz. Und ergänzte manchmal, er habe sie nie gewollt.

Nein, körperlich hatte sie keinen Schaden davongetragen, aber in ihrer Seele war eine Narbe. Es war lange her, fast ein ganzes Leben. Wie mochte sie jetzt sein? Und wo? Eines Tages war sie weg, einfach verschwunden, grußlos weggefahren, weggeblieben. In ihrem Herzen hatte er nie die Loge gehabt, nur einen Randplatz, und der war jetzt frei. Jahre lag das zurück. Er wusste nicht mehr den Grund, sein Gedächtnis versagte hartnäckig den Zugriff. Ein Streit, eine Nichtigkeit an sich, doch der Funke traf bereitstehendes Pulver.

Nach dem Bruch spielte man ihm von Zeit zu Zeit Neuigkeiten zu, wo sie war, was sie machte, wie es ihr ging. Sie wurden spärlicher, schließlich blieben sie aus. Warum gibt es im Leben nicht die schönen Lösungen wie in den Filmen?

Zwei Leben, die mit einem Mal nichts mehr verband als die kurze gemeinsame Geschichte. Keine Zukunft miteinander. Er tröstete sich mit dem Gedanken, bei Tieren wäre es ebenso. Jungtiere verlassen das Nest und kennen die Eltern bald nicht mehr. Mehr noch, sie werden Gegner, Rivalen.

Bisweilen kam Verlangen auf, sie wiederzufinden. Lass uns die Geschichte begraben, Neubeginn, würde er sagen. Und hatte das Drängen verworfen, Angst vor erneutem Aufbrechen von Wunden und neuen Bissen.

Seine Augen tränten, noch bevor er den braunen Fleck ins Visier nahm.

Laurentia, liebe Laurentia mein, lange schon verabscheute er dieses Lied, und hörte er es wo, brach es ihm schier das Herz, und er lief davon.

Es klopfte. Die junge Schwester steckte den Kopf zur Tür herein, wie stets munter und zu Alberei aufgelegt. „Haben Sie den Krach gehört? Entschuldigung, ist was zerbrochen. Ich hab Ihr Essen auf den Boden geschmissen, heute gibt's Fallobstsalat, nein, Scherz, ich bring Ihnen Neues."

Gallwitz

14 Uhr war der Termin beim Staatsanwalt.

Befragung hatte in dem Schreiben gestanden, dann noch Bezeichnung des Gebäudes, Zimmernummer, Uhrzeit. Mein Herz schlug schnell, denn noch nie war ich mit der Justiz in Berührung gekommen, kannte weder einen Rechtsanwalt noch hatte ich ein Gerichtsgebäude von innen gesehen.

Ich hatte noch nicht einmal ein Verwarnungsgeld für zu schnelles Fahren bezahlt. Bereits der Brief, der Absender hatten mich in Schrecken versetzt. Die Tage und Nächte bis zu dem genannten Termin erlebte ich als durchgehende Qual. Ich durchkämmte meine Vergangenheit. Ich hatte niemanden totgefahren, keine Fahrerflucht begangen, niemanden betrogen, nicht einmal aus dem Supermarkt hatte ich in der jüngeren Vergangenheit etwas geklaut. Drogen lagen weit zurück. Welche Verfehlung könnten sie mir vorhalten? Höchstens ein unwissentlich begangenes Verbrechen. Wurde ich nachts wach, und ich wurde wach, so kreisten meine Gedanken immer um die bevorstehende Befragung, So schlimm würde es vielleicht nicht werden. Immerhin hatte der Brief einfach im Kasten gelegen, keine Zustellung gegen Unterschrift. Eine Befragung war ja kein Verhör, und das Schreiben begann mit „Sie werden gebeten", das war kein Befehl, doch der Aufruhr in meinem Kopf hielt an. Ich blieb misstrauisch. Aber war es wirklich so, täuschte ich mich nicht? Nannten sie das vorgesehene Verhör mit Bedacht nicht bei der richtigen Bezeichnung? Sicher sollte ich keinen Argwohn schöpfen. Oder war mein Vergehen doch nicht so schlimm? Aber was um alles in der Welt mochte der Staatsanwalt von mir wissen wollen? Dass keine im gespenstischen Blau blinkenden Polizeifahrzeuge zu früher Morgenstunde um das Haus gestanden und kein Polizeiaufgebot mich aus dem Bett geholt und meine Wohnung durchsucht hatte, beruhigte mich nicht besonders, nicht ausreichend genug jedenfalls. Vielleicht waren sie niederträchtig, nannten es Befragung und nicht Verhör, um mich in Sicherheit zu wiegen, mich hinterrücks zu überraschen und umso leichter in Handschellen abführen zu können. Sollte ich vorsichtshalber schon mal eine Reisetasche mit dem Nötigsten zu dem Termin mitnehmen? Davon war in dem Schreiben nicht die Rede, nur einen Ausweis hätte ich mitzubringen. So lag ich manche Nacht wach, nassgeschwitzt. Meine Gedanken waren die Fliegen, und mein Gehirn war der Pudding, den sie hartnäckig heimsuchten, von dem sie sich nicht verscheuchen ließen. Der Tag rückte näher, damit auch der Moment der Gewissheit, und meine Beklemmung wuchs. Die Unsicherheit wäre vorüber, endlich würde ich erfahren, was man mir vorwarf. Ich hatte keine Erfahrung mit Beruhigungsmitteln und doch erwog ich kurz, eines zu nehmen, dann bliebe ich bei klarerem Verstand. Das Schlimmste wäre, wenn ich mich in Widersprüche verstrickte. Ich hatte das aus dem Fernsehen. Sie befragen dich wieder und wieder, drehen die Fragen um, formulieren anders. Du bist es leid, wirst unkonzentriert, die Aussagen verändern sich, und schon haben sie dich.

Wahrscheinlich würden sie mich in einen kargen Raum setzen, ein Tisch, zwei Stühle, vielleicht noch einer in der Ecke für einen Wachmann. In eine Wand wäre ein Einwegspiegel eingelassen, und jenseits des Spiegels, so, dass ich sie nicht sehen könnte, stünden welche und verfolgten das Verhör. „Möchten Sie einen Kaffee", so ging es doch oft los, auch ein Trick, um den Beschuldigten zum Reden zu bringen. Dann würde der Verhörer ein Aufnahmegerät starten. „Was haben Sie an dem Tag zu der Uhrzeit gemacht, wo waren Sie da?" Schon wäre ich erledigt, denn ich kann mich nie erinnern, wo ich zwei Tage zuvor zu einer bestimmten Uhrzeit gewesen bin. Ich bin so naiv, ich bin gutgläubig. Warum habe ich mich nicht rechtzeitig um einen Strafverteidiger bemüht? Es war mir nicht eingefallen.

Beim Verlassen der Wohnung riss ich aus dem Telefonbuch die Seite mit den Rechtsanwälten heraus. Wenn sie sagten, ich solle mir am besten einen Anwalt nehmen, wäre ich vorbereitet, auch den Satz kannte ich aus dem Fernsehen.

Das Justizgebäude sah aus, wie Justizgebäude wohl überall auf der Welt aussehen, wie ich sie aus Filmen kannte. Weiche Knie, verschwitzte Hände, so klopfte ich schließlich an die benannte Tür, trat nach Aufforderung ein und ließ mich, nach Aufforderung, auf dem Stuhl aus Holz nieder. „Möchten Sie einen Kaffee?"

Da, ich hatte es gewusst, da war die Frage.

„Nein, danke."

Verstohlen blickte ich mich um. Da war kein Einwegspiegel, keine Kamera, kein Aufnahmegerät. Die Einrichtung des Zimmers war schlicht und zweckmäßig, aber nicht karg.

„Sie wirken aufgeregt, Herr Meinhardt."

„Ein bisschen, man weiß ja nie, was auf einen zukommt."

Dabei wischte ich mir die Hände am Hosenbein trocken. Ich war auf der Hut. Der Stuhl war unbequem. Das ganze Zimmer wirkte sachlich. Nichts Einladendes, nichts Gemütliches, der Delinquent sollte sich keinesfalls wohlfühlen. Der Schreibtisch war wuchtig, ebenso schlicht und ebenso braun wie das übrige Mobiliar im Raum. Regale an den Wänden bis zur Decke hoch, voll mit respekteinflößenden juristischen Sammelbänden. „Guten Tag, ich bin Staatsanwalt Hild, bitte nehmen Sie Platz."

Der junge Staatsanwalt hatte sich hinter seinem Schreibtisch niedergelassen, auf einem Stuhl, genauso hölzern wie meiner. Er war nicht ein-mal unfreundlich, das überraschte mich nicht, denn auch das kannte ich aus Filmen. Ruppiges und furchteinflößendes Auftreten brachte die An-geschuldigten zum Verstummen, also gaben sie sich wie der Wolf, der Kreide gefressen hatte. Freundlichkeit löste die Zunge. Ob ich überhaupt wisse, warum er mich hergebeten habe. Ich schüttelte den Kopf. Ja, er hatte hergebeten gesagt, nicht vorgeladen. Ich blieb konzentriert. Mich fror, es war spätherbstliches Regenwetter. Ich saß neben dem geöffneten Fenster, die eklig kalte Luft drang herein. Kälte würde geständiger machen. Vielleicht sollte auch nur der Zigarettenrauch aus dem Raum nach draußen ziehen.

„Schießen wir los. Kennen Sie den Zahnarzt Dreisdorf?"

Ja, vor etwa zwei Jahren hatte er mir einige Zähne repariert. Die Rechnung hatte ich nur zum Teil bezahlt, hatte dem Zahnarzt Abrechnungsbetrug vorgehalten und die immer schärfer werdende Korrespondenz mit dem Vorschlag beendet, wenn er sich im Recht fühle, solle er das Gericht bemühen. Dazu war es nie gekommen. Gegen den Zahnarzt, erklärte der Staatsanwalt, liefe ein Ermittlungsverfahren wegen Betruges. Sie hätten seine Wohnung und Praxis durchsucht und meine Briefe gefunden, das sei aufschlussreich gewesen. Der Staatsanwalt ließ sich ohne großes Interesse die Behandlung schildern, wozu ich nach zwei Jahren kaum noch in der Lage war, an Einzelheiten schien ihm auch nicht gelegen. Und so war ich nach wenigen Minuten entlassen. Das war alles? Etliche Tage hatten mich die Gedanken an das Bevorstehende gemartert und nach einer Viertelstunde war alles vorüber gewesen. Mein Zeugengeld könne ich bei der Justizkasse abholen. Verwirrt, erleichtert und froh wollte ich keine Minute länger in diesem

Gebäude verbringen. Im nächstgelegenen Café würde ich meine Gedanken sammeln. Ein Schnaps wäre jetzt wohl das Beste, wenn nicht die Fahrt wäre. Ein Espresso, dann noch einer. Wären meine Gedanken doch so geordnet wie die Bücher in dem Zimmer, das ich soeben verlassen hatte. Ich hatte ein Beruhigungsmittel eingenommen, und jetzt, da ich es nicht mehr brauchte, begann es zu wirken. Ein wunderbares Erleben, Eis schmilzt, wird Wasser, wird Dampf, so verwandelte sich die Schwere zu einer nie gekannten Leichtigkeit. Richtungsloser Schmetterling mein Denken. Ich war nicht der Angeklagte! Was ich soeben erlebt hatte, erinnerte mich an etwas. Ich kannte das, doch woher?

Mein Gefühl hatte zu mir gesprochen, aber meine Erinnerung ließ sich nicht zwingen. Der Staatsanwalt hatte mich zu einer Befragung bestellt. Sie hatten mir nichts vorgeworfen, daher war sie nicht schlimm geworden, nicht die befürchtete Inquisition. Es hatte sich als harmlos heraus-gestellt. Wo also sprudelte die Quelle meiner Angst, der Revolte in meinem Gedärm, in meinem Herzen?

„Bitte noch einen. Und einen Grappa."

Allmählich lichtete sich der Nebel über der Vergangenheit. Elf Jahre, ja, das konnte stimmen, so alt mochte ich wohl gewesen sein, oder zwölf. Der Schuldirektor hatte mich in sein Büro bestellt, das verhieß nichts Gutes. Doktor Rolfes. Seine untersetzte Gestalt, der graue Anzug, wie die goldene Uhrkette in der Tasche der Weste verschwand, die schräge Nar-be über der Wange und das gewellte graue Haar, alles sah ich vor mir. Schon von Ferne war er nicht zu verkennen. Sommer oder Winter, stets trug er den knöchellangen schwarzen Ledermantel. Und seine Stimme, diese knarrende Stimme mit dem seltsamen Akzent, wie er das R so eigenartig in der Kehle rollte. Der Direktor war gefürchtet, ihn zu hassen trauten wir uns nicht. Begegneten wir ihm auf dem Flur, sprachen wir leise einen Gruß, senkten dabei den Kopf und zogen das Genick ein, viel-leicht wurden wir auf diese Weise unsichtbar. Wenn er uns nur nicht an-spräche. Der Weg an seinem Zimmer vorbei versetzte das Herz in Unruhe. Was, wenn sich seine Tür öffnete? Damals hatte ich mit weichen Knien zitternd und schwitzend vor dieser Tür gestanden. Vor dem Büro des Staatsanwaltes hatte ich es genauso erlebt, als wollten mir die Bei-ne versagen, Zittern und Schwitzen, ständig hatte ich meine Hände an der Hose trocknen müssen, und ich hatte gehofft, der Staatsanwalt würde es nicht merken.

Zaghaft hatte ich seinerzeit an die Tür geklopft, ganz leise. Womöglich würde der Direktor mein Klopfen nicht hören, dann könnte ich zurück in die Klasse gehen und sagen, ich sei dagewesen. Er hatte es gehört, stand plötzlich in der Tür, seine fleischige Hand begrüßte mich und zog mich in den Raum. Diese unangenehme Hand, ein totes Huhn fühlt sich so an, warm, feucht, weich, widerlich weich.

„Guten Tag, Herr Direktor."

„Setz dich!"

Ich war nicht zum ersten Mal in diesem Zimmer gewesen. Der gigantische Schreibtisch aus dunklem Eichenholz, hinter dem sogar der Direktor klein war, die Regale und die dicken Bücher, die wuchtigen Sessel aus dunkelgrünem Leder. Mit der abscheulichen weichen Hand hatte er mir zwei Wochen zuvor gratuliert und meinen Beitrag zu einer Schulfeier gelobt. Sonst war ich immer nur wegen eines Tadels oder einer Verwarnung in diesem Zimmer gewesen.

Wie hatte mein Herz damals geklopft! So wie es immer geklopft hatte, wenn ich stehend mit gesenktem Kopf eine Rüge hatte einstecken müssen.

„Setz dich", hatte damals der Direktor befohlen. Und, nach einer Pause, ich meinte zu spüren, dass er nach Worten suchte, er schien verlegen:

„Hat sich Gallwitz dir gezeigt?"

Wer war Gallwitz? Ich kannte keinen, der so hieß. Ich musste zu lange geschwiegen haben.

„Gallwitz, Junge, der aus der Oberprima."

Doktor Rolfes wurde ungeduldig.

„Du kennst ihn. Du bist doch in dem Knabenchor, den Gallwitz leitet!"

„Nickel", sagte ich. Nickel war der Schüler aus der Abiturs Klasse, den er meinte, aber der hieß nicht Gallwitz. Nickel studierte mit uns ein Sing-spiel ein. Eine beeindruckende Erscheinung war er, sehr groß und ein bisschen dicklich. Uns Sextaner nannte er discipuli. Ich mochte ihn. Seine schöne Stimme füllte die ganze Aula, und seine Musikalität riss uns mit. Wenn wir bei den schwierigen Partien immer wieder danebensangen, korrigierte er nachsichtig, und die Geduld ging ihm niemals aus. Er mochte uns junge Schüler, ihn hätte ich gern als Lehrer gehabt. Er war Nickel. Wie er mit Vornamen hieß, interessierte niemanden. Hier wurde keiner mit seinem Vornamen angesprochen.

„Gallwitz oder Nickel, egal, ja den meine ich."

Der Direktor wurde rot im Gesicht, als nächstes würde er anfangen zu schreien.

„Also, hat er sich dir gezeigt?"

Und richtete seinen Zeigefinger auf die Gegend oben zwischen meinen Beinen. Ich musste ein blödes Gesicht gezogen haben. Er räusperte sich. „Bist du schwer von Begriff? Hat er dir sein Glied gezeigt?"

Glied, was meinte er mit Glied? Ich wurde immer kleiner. Der Mensch besteht aus Kopf, Rumpf und Gliedmaßen, hatten sie uns beigebracht. Wo-raus besteht ein Tier, besteht ein Mensch? Aus Kopf, Rumpf, Gliedmaßen. Aber welches dieser vielen Gliedmaßen meinte der Direktor?

„Sein Glied, das männliche Glied!"

Da war es, das Schreien. Dieser Schüler vor ihm war offensichtlich verstockt, langsam im Kopf oder denkfaul. Sein ausgestreckter Zeigefinger näherte sich meinem Hosenstall, ich wäre gern zurückgewichen, aber da war die Stuhllehne. Er meinte das Körperteil, das wir Pillemann oder Pimmel nannten. Das Blut war mir in den Kopf geschossen. Es war so unglaublich peinlich. Ich schämte mich.

„Also! Hat er dir sein Glied gezeigt?" Dieser Mann ließ nicht locker. Ich schüttelte den Kopf.

„Sprich laut!"

Warum musste er mich quälen?

„Nein", sagte ich kaum hörbar.

„Lauter!"

„Nein."

Der Direktor wirkte nicht, als ob er mein Nein glaubte. Selbst wenn Nickel es getan hätte, ich hätte es bestritten, um aus diesem Zimmer zu entkommen. Ich war nicht der Einzige, den der Direktor verhört hatte. Es machte die Runde in der Schule und Nickel verschwand. Die Familie sei in eine andere Stadt gezogen, hieß es, Nickel besuche jetzt ein Internat. Es ging das Gerücht, er habe gern an seinen Nachhilfeschülern herum-gespielt und bisweilen sein Glied präsentiert.

„Hat er dich auch nach Gallwitz gefragt?" Ernst Kluge war auch beim Di-rektor gewesen.

„Ja. Weißt du, wieso Gallwitz jetzt Nickel heißt?"

Ernst tat geheimnisvoll.

„Ich hab es von Renate. Der Vater von Nickel war bei Hitler irgendwas Hohes. Und damit das nicht rauskommt, hat er seinen Namen geändert. Der war früher mit Rolfes in demselben Verein, die kennen sich, da hieß er noch Gallwitz, sogar Von Gallwitz."

Ich habe Nickel nach Jahren wiedergesehen, von hinten, als Dirigent eines Staatstorchesters. Ich hatte ihn sofort wiedererkannt.

Ob der Staatsanwalt meine Röte wahrgenommen hatte? Hatte er mein Schwitzen bemerkt und meine Beklemmung? Es war nur eine harmlose Befragung gewesen.

Mir war so leicht und beschwingt, ich war ausgelassen, als ich das Café verließ. Ich lächelte in die Welt, und die Menschen, die mir begegneten, lächelten zurück.

„Bitte nehmen Sie hier Platz, der Arzt kommt gleich."

Die Krankenschwester hatte mir die graue Bank neben der Tür zum Sprechzimmer zugewiesen. Die beiden Polizisten blieben stehen. Ob sie dachten, ich könnte noch weglaufen? Ein Passant hatte die Polizei gerufen, dabei hatte die Stoßstange das Straßenschild nur leicht berührt. So schief war es vorher schon gewesen.

„Haben Sie Alkohol getrunken?"

Ich hatte schon mit Nein antworten wollen, aber als redlicher Mensch gestand ich den Grappa ein.

„Einer nur? Haben Sie sonst noch etwas genommen?"

Erst später fiel mir das Beruhigungsmittel ein.

Sie machten mir vor, wie ich in das Testgerät zu blasen hätte und gaben genaue Anweisungen.

„Gucken Sie mal. Sind Sie sicher, dass es nur ein Grappa war? Entweder das Gerät spinnt oder Sie sagen nicht die Wahrheit. Wenn das stimmt, was es anzeigt, dann kommt was auf Sie zu. Knapp 1,5."

„Was heißt das?"

„Ab 1,1 Promille ist es eine Straftat. Wissen Sie, was das bedeutet?"

„Ist dann mein Führerschein weg?"

Der Polizist lachte.

„Sie sind naiv. Nicht nur Führerschein weg, auch hohe Geldstrafe und Idiotentest, wenn

Sie den Lappen wiederhaben wollen. Sind Sie vorbestraft?"

„Nein, nie was mit der Polizei zu tun gehabt."

„Sie haben das Straßenschild umgefahren, also erhebliche Verkehrsgefährdung. Und dann wollten Sie noch wegfahren. Das geht vor Gericht. Wenn Sie nicht vorbestraft sind, kommen Sie vermutlich mit einer Geldstrafe davon, sonst Freiheitsstrafe, wahrscheinlich auf Bewährung. Aber eigentlich dürfen wir nichts dazu sagen. Es kommt darauf an, wie der Staatsanwalt das sieht und was der Richter dazu sagt."

Am liebsten wäre ich ohnmächtig geworden.

„Sind Sie mit einer Blutentnahme einverstanden?"

„Und wenn nicht?"

„Dann nehmen wir Sie mit und lassen es gegen Ihren Willen machen, das ist aber nicht schön."

Der Arzt machte Tests mit mir, ich musste auf der Linie zwischen den Fliesen entlanggehen.

„Sagen Sie mal, nur ein Grappa kann das nicht gewesen sein, sonst noch irgendwas?"

„Cocktail, aber da ist ja nicht viel drin.

„Wie viele?"

„Zwei, vielleicht drei."

„1,3 Promille Blutalkohol", stand in der Anklageschrift.

Vielleicht würde ich den freundlichen Staatsanwalt wiedersehen.

Hundesport

„Dackel sieht man heute kaum noch. Guten Morgen übrigens."

Ich hatte meinen Schritt verlangsamt, als ich gleichauf mit der Frau war. Es war ein freundlicher Morgen, viel zu warm für den Winter. Die hohen Temperaturen hatten die Eisfläche aufbrechen lassen, jetzt trieben nur noch einzelne Schollen auf dem Wasser und zwischen ihnen Gruppen von Enten. Die Enten bewegten sich kaum und erweckten den Eindruck, als hätten sie nichts zu tun als nur da zu sein. Vögel lärmten, Dohlen trieben lautstark ihr munteres Spiel und singend strich ein Gänsequintett über den See. Zwar hatte das Jahr erst vor kurzem begonnen, doch hoffnungsvoll lag bereits eine Ahnung nach Frühling über der Natur und erfasste die Seele.

„Das ist kein reiner Dackel, ein Mischling aus dem Tierheim."

„Den Ohren nach zu urteilen könnte Cocker dabei sein."

„Ja, könnte sein, und ganz so lang wie ein reiner Dackel ist er auch nicht."

„Dann wird er auch nicht die Dackelprobleme bekommen, der Rücken hängt überhaupt nicht durch."

„Er ist schon 13 Jahre alt."

„Donnerwetter, dafür sieht er sehr gut aus."

Wir waren im Sprechen weitergegangen und hatten den See hinter uns gelassen.

„Ich habe Sie hier noch nie gesehen. Leuten, die hier wohnen, begegnet man zwangsläufig."

Nein, ich hätte einen Ausflug gemacht, sei mit dem Auto da und nannte einen Wohnort in einiger Entfernung.

„Da sehen Sie schon unser Haus. Das gelbe rechts mit dem Schieferdach."

„Ihr Mann wird mit dem Frühstück auf Sie warten."

„Nein, da wartet niemand, ich lebe allein."

„Ich dachte, weil Sie unser Hund sagten und unser Haus."

„Gewohnheit. Mein Mann ist vor Jahren abgehauen, hat gedacht, er könnte sich in einer Jüngeren nochmal verwirklichen."

Ich bin ein einfühlsamer Mensch. Wenn ich bei einer Frau Tränen sehe, werde ich weich, hat sie Kummer, nehme ich mich ihrer an, ihre Probleme mache ich zu meinen.

„Ja, das kenne ich", sagte ich. „Das hört man oft. Immer ist es eine Jüngere. Andersherum, dass eine Frau sich einen Jüngeren nimmt, das hab ich noch nicht erlebt. Sie wissen ja, Gemüse sei gut, heißt es, und insbesondere für alte Männer junges Gemüse."

Sie guckte nur kurz zu meiner Seite. Ihr Gesicht zeigte keine Reaktion. Möglich, dass sie den Sinn nicht verstanden hatte, vielleicht hielt sie einen solchen Spaß nicht für angebracht. Schweigend gingen wir die letzten Schritte bis zu dem gelben Haus.

„Kommen Sie mit rein auf einen Kaffee? Eine kleine Stärkung, Sie müssen ja noch zurück zu Ihrem Auto."

Sie hatte angefangen, in ihren Taschen nach dem Schlüssel zu suchen und mir die Hundeleine in die Hand gedrückt, und mit dem Hund war ich unversehens im Haus.

„Würde es Ihnen etwas ausmachen, die Stiefel auszuziehen?"

In der Diele roch es, wie es bei älteren Menschen zu riechen pflegt und nach Hund. Ein nussbaumfarbenes Garderobenschränkchen, eine Tür mit Riffelglas führte in das Wohnzimmer, dort die wuchtige Couchgarnitur mit passenden Sesseln, der Tisch in dunklem Braun wie der wandbreite Wohnzimmerschrank. An der Lampe mit den drei Gläsern stieß ich mir bereits beim ersten Aufstehen den Kopf.

„Likörchen dazu? Zum Aufwärmen?"

Am nächsten Tag richtete ich es so ein, dass ich ihr wieder am See begegnete. Bei diesem schönen Wetter laufe sie eine große Runde, immer dieselbe, sonst begnüge sie sich mit kürzeren Strecken dreimal am Tag. Am Vortag hatte sie mir viel über ihre Gepflogenheiten erzählt; ich war kaum zu

Wort gekommen. Sie hatte auch nicht viele Menschen zum Reden.

Während ich ihr in größerer Entfernung folgte und die Distanz allmählich verringerte, sann ich nach, ob ich sie aus dem Gedächtnis beschreiben könnte. Der grüne Anorak und die grüne Hose, Kleidung, wie sie Jäger tragen, hatten ihre Gestalt verborgen, und die Kapuze hatte nur das Gesicht freigegeben. Sie war eine Frau in meiner Größe, und ich schätzte sie einige Jahre älter als mich. Nach dem Alter hatte ich sie nicht gefragt, aber sie hatte von sich aus preisgegeben, dass sie durch ihre Rente mehr als ausreichendes Auskommen habe. Es reiche gut, um das kleine Auto zu unterhalten, für gelegentliche Theater-fahrten und alle Reparaturen am Haus. Ihr kinnlanges Haar war von einem kräftigen Rot, das durch den grauweißen Grundton vor allem in der Nähe der Kopfhaut ins Rosafarbene spielte. Ohne Wanderkleidung war ihre Figur kräftig, nicht dick, hübsch rundlich an den richtigen Stellen und mit dem Bäuchlein der älteren Frauen. An den Oberarmen hing kein welkes Fleisch herab. Dann hatte ich sie erreicht.

„Singen Sie?"

Sie zuckte zusammen, denn ich hatte mich geräuschlos genähert, auch der Hund hatte mich nicht wahrgenommen.

„Guten Morgen, Gnädigste. Ich wollte Sie nicht erschrecken. Bitte entschuldigen Sie."

Da noch keine Blumen ihre Köpfe herausstreckten, bückte ich mich nach einer Elsterfeder und überreichte sie ihr mit einer angedeuteten Verbeugung, die andere Hand hielt ich auf dem Rücken, wie es vornehme Kellner tun.

„Oh, vielen Dank, mein Herr."

Mit einer grazilen Geste nahm sie die Feder entgegen.

Jetzt sah ich, dass sie graue Augen hatte.

„Sie haben mich überrascht. Was hatten Sie gesagt?"

„Singen Sie, hatte ich gefragt."

„Nein, wie kommen Sie darauf?" fragte sie erstaunt zurück.

„Sie haben eine sympathische Stimme. Fein klar und jugendlich, kein bisschen brüchig und auch nicht schrill. Sie sollten in einen Chor gehen."

Sie strahlte.

„Sie machen Spaß, das hat mir noch niemand gesagt."

„Nein nein, ich meine das aufrichtig."

Ich finde, aufrichtig ist ein schönes Wort, das, passend eingesetzt, ein Joker sein kann. Sie hatte wirklich einen warmen Alt, der das Zuhören angenehm machte.

Beim Kaffee bat ich Sie um Entschuldigung für meinen geschmacklosen Witz vom Vortag.

„Welchen Witz?"

„Den mit dem Gemüse. Es ist ja kein Witz, nur so ein blöder Spruch."

„Hab ich nicht gehört. Wissen Sie, wenn ich die dicke Kapuze über dem Kopf habe, hör ich nicht alles. Sie können ihn ja nochmal erzählen."

Ich zierte mich ein wenig, nein, er sei wirklich geschmacklos, aber sie bestand darauf, ihn jetzt sofort zu hören.

Sie lachte ein schallendes Lachen, ansteckend wie Windpocken, und es gelang ihr nicht, den Kaffee ohne Verschütten abzusetzen.

Der Tag verlief wie der vorige und wie viele folgende. Bald stand meine Zahn-bürste in ihrem Badezimmer und mein Schlafanzug lag auf ihrem Bett.

Eines Tages kam ich Stunden später als verabredet.

„Ich bitte um Entschuldigung, mein altes Auto ist unterwegs kaputt gegangen. Den Rest bin ich mit dem Taxi gefahren."

„Wieso Entschuldigung, daran trifft dich keine Schuld."

Sie dachte nach.

„Wie kommst du nach Hause? Ich könnte dich fahren, aber mein Auto springt nicht an. In den nächsten Tagen wird es geholt."

„Danke, das Angebot ist lieb. Ein Freund holt mich ab. Wir treffen uns in drei Stunden an der Kirche."

„Warum kommst du nicht?"

Ich hatte den Anruf erwartet. Drei Tage waren vergangen seit dem letzten Be-such bei ihr.

„Mein Freund braucht sein Auto selbst, er kann es mir nicht mehr ausleihen."

„Und dein kaputtes?"

„War nicht mehr zu reparieren, es ist schon auf dem Schrott."

„Kaufst du ein anderes?"

„Ich bin noch in Gesprächen mit der Bank. Mir fehlen Zehntausend."

„Kommst du denn wenigstens nächsten Mittwoch? Ich freu mich doch so da-rauf."

„Bestimmt, irgendwie krieg ich das hin, und wenn ich zu Fuß komme."

An der Tür hing ein Schild, mit der Laubsäge aus Sperrholz ausgesägt, ein Herz, „Herzlich willkommen". Schon in der Diele empfing mich der Duft nach Zimt und Kaffee. Antoniette, ich nannte sie Toni, trug ein wundervolles weißes Kleid, und sie duftete nach einem Parfum, wie es junge Frauen verwendeten.

„Stell dich hier hin", befahl sie streng und deutete auf eine Stelle vor dem Fenster.

„Mach die Augen zu, und wehe, du lachst!"

Ihre Stimme hatte wahrhaftig einen schönen Schmelz, als sie „Viel Glück und viel Segen" sang.

Ich schloss sie in die Arme, küsste sie, bis sie sich los wand und auf das Sofa zeigte. „Hinsetzen!"

Kerzen brannten bereits, sie hatte das Festtagsgeschirr aufgetan, und der Apfelkuchen mit Zimt war noch warm. Neben meinem Teller stand ein Spielzeug-auto, wie ich es aus meiner Kindheit kannte, ein roter Mercedes Kombi aus schwerem Metall.

„Dein neues Auto, damit du wieder häufiger kommst."

Ich wog es in der Hand, ein beachtliches Gewicht.

„Die Türen lassen sich alle öffnen, der Kofferraum, die Motorhaube, und das Lenkrad dreht sich auch. Probier's!"

Wie hatte sie das hineinbekommen? Grüne Geldscheine, ganz eng zu einer Rolle gebündelt, hatte sie in den Innenraum gequetscht.

„Du Dummer, warum hast du mich nicht einfach gefragt?"

Es war mein schönster Geburtstag seit langem.

Schon am nächsten Tag würde ich mich auf die Suche nach dem Auto machen, die Bank könnte ihr Geld behalten.

„Hast du noch keins gefunden?" Eine Woche später klang sie ungeduldig am Telefon, eine Mischung aus Frage und Vorwurf.

„Doch, aber es gibt noch Probleme mit der Versicherung. Du wirst staunen."

„Was für einer ist es denn?"

„Warte ab, ich verrat es nicht."

Beim nächsten Anruf musste ich gestehen, dass der Kauf sich zerschlagen hatte.

„Dann leih dir doch wenigsten ein Auto oder komm mit dem Taxi, wir haben uns schon drei Wochen nicht gesehen. Ich würde ja zu dir kommen, aber mein Auto ist immer noch kaputt."

Toni war anstrengend geworden. Immer öfter ließ sie mich nachts nicht gehen. Ich musste dableiben, sonst setzte sie mir zu, wenn ich nach Hause wollte. In der Arztpraxis schämte ich mich. Bald jede zweite Woche sprach ich vor.

„Dieselben Pillen wie letztes Mal", sagte ich in verschwörerischem Ton, so lei-se, dass die Umstehenden es nicht mitbekamen. Was gingen sie auch meine Medikamentenwünsche an.

„Dieselben wie letztes Mal? Glauben Sie, ich hab alle Medikamente im Kopf, die Sie nehmen", sagte die Helferin.

„Die blauen, Sie wissen schon."

„Viele sind blau. Warten Sie mal. Meinen Sie Viagra? Die sind blau."

Ich nickte. Die Wartenden merkten auf. Es war laut genug gesprochen, dass sie es hatten hören können. Was mussten sie von mir denken, für wen mussten sie mich halten, zumal als die Helferin sagte:

„Eine größere Packung diesmal? Dann brauchen Sie nicht so oft zu kommen. Ich bring grad das Rezept zum Unterschreiben rein."

Immer hatte ich gedacht, bei älteren Frauen verlöre sich das geschlechtliche Interesse mit der Zeit. Nicht so bei Toni. Als hätte ich ein Feuer entfacht, als hätte ich wie der Zauberlehrling die Kontrolle verloren, forderte Toni mehr und bekam mehr. Ich fürchtete die weitere Entwicklung und ich fürchtete mich vor den blauen Tabletten. Ich vertrug sie in dieser Menge nicht, litt unter Kopfschmerzen, sah bunte Farben und hatte Alpträume.

Ich nahm die kleine Karte aus dem Mobiltelefon und steckte eine neue ein, mit einer anderen Nummer.

Veronika führte einen Dobermann aus, Helen hatte einen riesigen Hütehund aus Spanien und Thekla besaß den schwarzen Chow-Chow mit der blauen Zunge.

Nicht jeder Versuch war erfolgreich gewesen, aber für ein angenehmes Leben reichte es.

„Sie brauchen einen guten Strafverteidiger", hatte einer aus der Ermittlungsbehörde am Ende der Vernehmung empfohlen. „Das kann bis zur Freiheitsstrafe gehen. Paragraph 263 Strafgesetzbuch, Betrug, das ist kein Spaß, im schlimmsten Fall fünf Jahre."

Antoinette Schließ, ausgerechnet Toni, hatte mich angezeigt und die Ermittlungen in Gang gesetzt. Susanne, Dorothee, Henrike, und wie sie alle hießen, alle die man hatte ausfindig machen können, waren als Zeuginnen befragt worden.

Mit Rechtsanwälten stand ich auf keinem guten Fuß. Ich nahm keinen Verteidiger. Ich bestritt jede Schuld, und würden sie mich in die Enge treiben, würden sie ihre Freude haben an meiner haarkleinen Schilderung der Nächte mit Toni.

„Bitte erheben Sie sich."

Alle standen auf.

„Im Namen des Gesetzes ergeht folgendes Urteil: Der Angeklagte wird freigesprochen, die Kosten des Verfahrens trägt die Staatskasse. Bitte setzen Sie sich."

Der Vorsitzende Richter fuhr fort:

„Die ausführliche Begründung des Urteils wird in den nächsten Tagen zugestellt. Vorerst nur so viel in Kürze: Der Vorwurf des Betruges gemäß Paragraph 263 StGB hat sich durch die Beweisaufnahme nicht erhärten lassen. Heirats-schwindel ist kein gesetzlich verankerter Straftatbestand, auch wenn die Ver-wendung dieses Begriffs selbst vor Gericht gebräuchlich ist. Der genannte Paragraph kommt zur Anwendung, sofern der Täter eine Absicht, heiraten zu wollen, vorgespiegelt hat. Dies allein genügt nicht, um eine Anklage auf der Grund-lage des Paragraph 263 StGB, also des Betrugsparagraphen, zu rechtfertigen. Eine weitere Voraussetzung stellt die Absicht dar, sich durch das vorgebliche Heiratsversprechen in den Besitz von Vermögenswerten des getäuschten Partners, hier der Partnerin, zu bringen. Ein Heiratsversprechen durch den Be-schuldigten konnten weder die Beweisaufnahme noch der Vortrag des Anklagevertreters nachweisen. Das intime

Verhältnis über mehrere Monate recht-fertigt nicht die Annahme der Inaussichtstellung einer späteren Ehe, selbst dann nicht, wenn es zu einem gemeinsamen Hausstand gekommen wäre. Ein konkludentes Handeln, also die Annahme einer stillschweigenden Willenserklärung, lässt sich hieraus nicht ableiten. Die Befragung der Belastungszeugin, Frau Antoniette Schließ, konnte nach Auffassung des Gerichts den Betrugstatverdacht nicht erhärten. Somit ist die Vermögensverfügung von zehntausend Euro als freundschaftlicher Akt anzusehen, möglicherweise begründet in der Absicht der Verfügenden, den Beschuldigten fester an sich zu binden. Die Klägerin hat einen Vermögensschaden von zehntausend Euro geltend gemacht. Bei Würdigung aller Umstände geht das Gericht von einer freiwilligen Vermögensminderung aus, was nicht mit einem Vermögensschaden im Sinne des Gesetzes gleichzusetzen ist.

Die Befragung weiterer Zeuginnen im Rahmen der Beweisaufnahme deckt sich weitgehend mit den Aussagen des Beschuldigten.

Ob dem Angeklagten eine besondere moralische Verwerflichkeit vorzuhalten ist, obliegt nicht der Beurteilung durch das Gericht. Die Abwägung der Fakten im Sinne des Gesetzes erfordert den Freispruch des Beschuldigten. Wir bewegen uns hier im Spannungsfeld zwischen Recht und unserem Gefühl nach Gerechtigkeit, wobei Letzteres für die Schuldzumessung nach deutschem Recht nicht einfließt, nicht einfließen darf.

Die Verhandlung ist geschlossen, die ausführliche schriftliche Urteilsbegründung wird, wie gesagt, in den nächsten Tagen zugestellt. Die Verhandlung ist geschlossen."

Am Ausgang des Gerichtssaals erwartete mich Gundula, überreichte mir lächelnd eine gelbe Rose. „Gratulation!"

Hatte Gundula den Berner Sennenhund besessen oder war es Selma gewesen, und Gundula war Besitzerin des alten Labradormischlings? Mein Kopf schwirrte; ich wusste es nicht mehr.

„Was macht der Hund?"

Gundula sah mich irritiert an.

„Welchen der sieben Hunde meinst du?"

Ralph Jacob, geboren 1949

Lebt und arbeitet im Westerwald

Großvater
Vater
Ehemann
Liebhaber

Daneben:
Arzt und Psychotherapeut
Biologe
Physiker
Wanderer
Gitarrist
Maler
Weintrinker
Cordjacken Träger